비블리아 고서당 사건수첩
― 시오리코 씨와 사라지지 않는 인연

3

원제 biblia koshodo no jikentecho 3

ⓒ EN MIKAMI 2012
First published in 2012 by ASCII MEDIA WORKS Inc., Tokyo, Japan.
Korean translation rights arranged with ASCII MEDIA WORKS Inc., through KCC.

이 책의 한국어판 저작권은 (주)한국저작권센터(KCC)를 통한 ASCII MEDIA WORKS와의 독점계약으로 (주)디앤씨미디어에 있습니다.
저작권법에 의해 한국 내에서 보호를 받는 저작물이므로 무단전재와 복제를 금합니다.

ビブリア古書堂の事件手帖

미카미 엔 지음, 최고은 옮김

비블리아 고서당 사건수첩

— 시오리코 씨와 사라지지 않는 인연

3

비블리아 고서당 사건수첩 3
- 시오리코 씨와 사라지지 않는 인연

1판 10쇄 발행 2022년 3월 4일 | **지은이** 미카미 엔 | **옮긴이** 최고은 | **펴낸이** 신현호
편집장 김승신 | **편집** 권세라 | **북디자인** 이혜경디자인 | **본문조판** 한방울
흑백 일러스트 녹시 | **마케팅** 김민원
펴낸곳 (주)디앤씨미디어 | **출판등록** 2002년 4월 25일 제 20-260호
주소 서울시 구로구 디지털로 26길 111 JnK디지털타워 503호
전화번호 02.333.2513 | **팩스** 02.333.2514

ISBN 978-89-267-9423-4 (04830)
ISBN 978-89-267-9364-0 (SET)

정가 12,000원

잘못 만들어진 책은 구매처에서 바꾸어 드립니다.

비블리아 고서당 사건수첩 3

프롤로그	◎	『임금님 귀는 당나귀 귀』(포플러샤) · 1
제1장		로버트 F. 영 『민들레 소녀』(슈에이샤문고)
제2장		『너구리와 악어와 개가 나오는 그림책 같은 것』
제3장		미야자와 겐지 『봄과 아수라』(세키네쇼텐)
에필로그	◎	『임금님 귀는 당나귀 귀』(포플러샤) · 2
저자후기	◎	

009
017
115
195
295
300

ビブリア古書堂の事件手帖 3

프롤로그

『임금님 귀는 당나귀 귀』 (포플러샤) · 1

요즘 있었던 일

2010/11/23
시노카와 아야카

 어제 종일 바빴기 때문에 오늘 일까지 한꺼번에 쓴다.
 어제는 비블리아 고서당의 정기휴일이었다.
 언니는 고우라 오빠(종업원)와 아침부터 차를 타고 나갔다. 언니가 다리를 다친 뒤로 못 갔던 고서점을 온종일 돌아보기로 했다고 한다.
 잔뜩 신이 난 언니를 보고 아침 식탁에서 오늘 데이트하

냐고 물었다.

"다이스케 씨 앞에서는 그런 소리 마. 실례되니까."

언니는 무서운 얼굴로 혼을 냈다. 고우라 오빠가 순전히 친절로 고서점 탐방에 동행하겠다고 말한 것이라 생각하는 모양이다.

언니는 자기 연애나 결혼 같은 이야기를 무척 싫어한다.

그래서 나도 말하지 않았지만, 여기에는 써도 되겠지.

고우라 오빠는 데이트라고 생각했을 것이다. 그 오빠는 언니를 많이 좋아하는 것 같으니까.

그러고 보니 고우라 오빠가 처음 출근했을 때, 솔직히 걱정이 이만저만이 아니었다.

낯가림이 심한 언니가 직접 고용했다는 이야기를 믿을 수 없었다. 고우라 오빠는 덩치도 크고 눈매도 험악해서, 악당에게 속고 있는 게 아닐까 생각했다.

하지만 한동안 같이 가게에서 일하면서 지켜본 결과, 고우라 오빠는 굳이 따지자면 소심한 축에 속하는 평범하고 성실한 사람이었다. 남의 이야기도 잘 들어주고, 손님 대하는 기술도 나보다 나았다.

본인에게는 말하지 않았지만 여기에는 써도 되겠지.

내가 보기에 고우라 오빠는 자기보다 윗사람, 특히 연상의 여자에게 휘둘리기 쉬운 타입이다. 생긴 거며 덩치는 영락없는 장군인데, 성격은 머슴이다.

두 사람은 저녁나절이 돼서야 돌아왔다.
언니는 무척 기분이 좋아 보였다. 요코하마와 가와사키의 고서점을 쭉 돌아보고 나서 돌아오는 길에 쓰지도에 들렀다고 한다.
종이상자 2개 분량의 책을 사왔는데, 그걸 현관까지 나른 사람은 당연히 고우라 오빠였다. 얼굴은 무척 피곤해 보였지만, 묘하게 눈빛이 살아있었다.
언니가 좋아하니까 덩달아 기분이 좋아진 모양이다. 역시 타고난 머슴이다.

오늘 점심시간에 우리 반으로 놀러온 나오에게 그 이야기를 했다.
"너희 언니는 보통내기가 아니잖아."
언니 이야기를 하면 나오는 항상 얼굴이 살짝 굳어진다. 우리 가게 단골이라면서 언니를 불편해하는 것 같다.
전에 나오는 밴드부의 니시노라는 애를 좋아했다가 결국 차였다. 그때 일로 언니와 고우라 오빠하고 얽힌 모양이다.
잘은 모르지만 무슨 문제가 생긴 와중에 우리 언니가 끼어들어, 나오가 깜짝 놀랄 만한 재주를 부려 해결해준 것은 아닐까.

니시노는 지금 다른 학교에 다닌다.

뒤에서 여러 여자애들에게 치근덕댔던 쓰레기 같은 녀석인데, 자기에 대한 나쁜 소문이 돌자 고우라 오빠 짓으로 착각해서 우리 가게에 불을 지르려다 붙잡혔다. 정학 처분이 끝나자마자 다른 학교로 전학을 갔다.

남들에게는 말 못하지만, 니시노가 그런 오해를 한 건 나 때문이다. 우리 가게에서 고우라 오빠가 다른 단골손님하고 나오에 대해 이야기하는 걸 듣고 무심코 동아리 애들에게 말해버렸다.

이미 니시노의 악행이 소문으로 돌고 있는 상황에서 내 이야기가 결정적 한 방이 된 것이다. 그런데 나오는 니시오가 저지른 짓을 학교의 누구에게도 말하지 않았던 모양이다. 나는 나오가 그런 줄 몰랐다.

난 입이 싼 편이다.

가게에 불이 날 뻔한 뒤로는 괜히 입 밖에 냈다가 안 좋은 일이 생길 수도 있겠다 싶은 이야기는 되도록 하지 않으려고 노력하고 있다. 스트레스가 쌓이지 않도록 대신 여기다 써놓는다.

내가 밤중에 컴퓨터 앞에 앉아 이런 이야기를 쓰고 있는 걸 주변 사람들은 아무도 모른다.

   오늘 저녁, 학교가 끝나고 집에 돌아오니 언니가 어제 사온 책이 그대로 현관에 쌓여있었다.
   언니는 아직 무거운 물건을 든 채 계단을 올라가지 못한다. 책 정리는 내 몫이다. 저 책도 내가 나중에 정리한다고 해놓고 깜빡 잊은 것이다.
   어쨌든 전부 2층으로 옮겼다. 이대로 두면 현관 청소하는 데 거치적거리니까.
   지금 2층은 손댈 수조차 없을 정도로 완전히 '언니의 영역'이다. 사방 어디를 둘러봐도 눈에 들어오는 건 오로지 책이다. 나름대로 빈 공간을 찾아 책을 두고 왔는데, 나중에 잔소리를 들을지도 모르겠다.
   내려오다 복도에 쌓인 책 더미 사이에서 그리운 책을 발견했다.

   임금님 귀는 당나귀 귀

   어릴 적 언니가 읽어주었던 그림책이다. 내 책이지만 어느새 언니 책 사이에 들어간 모양이다.
   어떤 얘기였더라?

하나도 기억이 나지 않아 방에 가져와서 오랜만에 읽어 봤다. 꽤 재미있다.

두 신이 있었다. 그들은 누가 더 악기를 잘 연주하는지 대결하기로 했다. 그 자리에 미다스 왕이라는 조금 맹한 임금님이 있었다. 어느 신이 더 뛰어난지는 누가 들어도 분명했지만, 미다스 왕은 둘 중에 못하는 쪽이 좋다고 말했다.

그 대답을 들은 다른 쪽 신이 격분해 벌로 미다스 왕의 귀를 당나귀 귀로 만들어 버린다(솔직히 이 신도 조금 옹졸한 것 같다). 당나귀 귀가 창피해서 귀를 감추려 했지만, 이발사에게 들키고 만다. 임금님은 다른 사람에게 말하면 죽이겠다고 이발사를 협박한다(이게 임금님이 할 짓인가).

이발사는 약속대로 아무에게도 말하지 않았지만, 너무 큰 비밀이라 입이 근질거려서 강가에 깊은 구덩이를 파서 '임금님 귀는 당나귀 귀'라고 외친다.

책을 덮고 생각에 잠겼다.

내가 이걸 쓰는 것도 비슷한 심리일지 모른다. 주변 사람들에게는 못하는 이야기를 몰래 쓰고 있으니까.

이건 나에게 강가에 판 구덩이 같은 것이다.

언제까지 계속할지는 모르지만, 구덩이 속에는 아무도 없다.

그렇게 생각하려고 한다.

ロバート・F・ヤング『たんぽぽ娘』——集英社文庫

01
민들레 소녀

로버트 F. 영

슈에이샤문고

로버트 F. 영 | Robert F. Young, 1915~1986
미국의 SF 소설가. 서정적이고 부드러운 작품 색채를 가져 '로맨틱 SF'의 대표 작가로 평가받는다. 주로 단편소설을 발표했다.

슈에이샤문고 | 集英社文庫
일본 슈에이샤의 문고판 서적 브랜드. 슈에이샤는 1925년 쇼가쿠칸小学館 출판사의 오락 잡지 부문 상호로 시작하여 분리 독립한 후 1926년부터 독자적인 사업을 시작했다. 잡지에서 일반 단행본까지 폭넓은 사업을 전개하고 있다.

1

 찬바람을 맞은 유리문이 흔들리고 있었다. 전기난로에서 온기가 나오고 있을 텐데, 아까부터 숨을 쉴 때마다 하얀 김이 나왔다. 아마 이 건물이 너무 낡았기 때문이리라.
 영업을 시작한 지 얼마 되지 않은 시간대라 손님은 거의 없었다. 나는 계산대 안쪽에 있는 양장본을 말없이 끈으로 묶었다. 모두 세계문학전집의 낱권이나 철 지난 나이어트 책, 커버가 없는 참고서 등 값어치가 없는 책들이다.
 잘난 척 이런 이야기를 떠들 정도로 고서를 잘 아는 건 아니지만, 이제는 비싸게 팔 수 없을 책들은 대충 구별할 수 있게 되었다.

내 이름은 고우라 다이스케. 기타가마쿠라에 있는 자그마한 고서점, 비블리아 고서당의 수습 점원이다. 여기서 일한 지도 다섯 달이 지났다. 계절도 겨울로 바뀌어 오늘은 12월 26일이다.

어제는 크리스마스였다. 오후나의 상점가는 사람들로 북적댔지만, 나와는 아무 상관없는 이벤트였다. 밤늦도록 야근하고 집으로 돌아가니 하루가 끝났다.

고서점의 크리스마스는 연말의 바쁜 날 중 하루일 뿐이다. 집집마다 새해맞이 대청소를 하는 시기라 요즘 들어 책을 들고 찾아오는 사람들이 많아졌다. 때문에 우리도 매입한 책을 정리하느라 정신이 없었다.

말은 이렇게 해도 수습인 나는 지시에 따를 뿐이고, 매입한 책을 어떻게 할지는 사장님이 판단하지만.

"······응."

계산대 앞의 빈 공간에 정리한 책 더미를 쌓고 있는데, 누가 옆에서 이상한 소리를 냈다. 절판된 문고본 칸을 보던 다운재킷 차림의 남자 손님이 의아한 표정으로 고개를 들었다.

이 손님이 낸 소리도, 내가 낸 소리도 아니다. 그렇다면 남은 사람은 하나뿐이다.

나는 뒤를 돌아봤다.

비블리아 고서당은 작은 가게지만, 계산대 안쪽은 제법 널찍하다. 이곳에서는 들여온 책 정리와 통신판매 업무를 본다. 높은 벽처럼 쌓인 수많은 책들이 한 사람은 너끈히 숨을 수 있을 만한 공간을 만들었다. 실제로 지금도 저 안에 숨어있는 사람이 하나 있다.

책 더미 위로 낡은 순정만화 두 권이 쑥 튀어나왔다. 니시타니 요시코의 『올림포스는 웃는다』와 『사촌 동맹』이다.

안쪽에 있는 사람이 만화책을 들어 올린 모양이다. 대체 뭐 하는 거지?

이내 만화책 표지가 기울어지며 책 더미 가장자리에서 하얀 하이넥 스웨터 차림의 상반신이 나타났다. 의자에 앉아 만화책을 든 채 기지개를 편 것이다.

가냘픈 콧날 위에 굵은 테 안경이 잘 어울리는 미인이지만, 눈을 너무 꽉 감아서 미간에 주름이 졌다. 긴 검은 머리 끝이 바닥에 닿았다. 허리를 뒤로 젖힌 탓에 몸매가 그대로 드러났다. 남의 시선을 의식할 줄 너무 모르는 것이 이 사람의 단점이다.

꼭 다물고 있던 입술이 살며시 벌어졌다.

"······으."

등을 곧추세우고 이상한 소리를 내는 이 사람이 바로 비블리아 고서당의 주인이다. 이름은 시노카와 시오리코, 벌써 5년 동안 이 고서점을 꾸려나가고 있다. 봄에 대학을 졸업한 나와 비슷한 또래지만, 고서에 관한 방대한 지식을 가진 '책벌레'다.

오늘 아침부터 컴퓨터를 들여다본 탓에 지쳤는지, 이번에는 소리를 내며 목까지 돌리기 시작했다. 가만히 보고 있자니 안경 속 두 눈을 번쩍 떴다. 당연히 내가 보고 있다는 걸 금방 알아채고 얼굴을 붉히며 책 더미 뒤로 숨으려 했다.

"……아."

그렇게 창피해할 일은 아닌데.

이 성격에 용케도 장사를 하는구나 싶을 정도로 내성적이다. 그녀는 책을 매입할 때를 제외하고는 접객은 나에게 거의 맡겼고, 평소에는 책 더미 너머에 컴퓨터와 함께 숨어서 통신판매 업무를 담당했다.

"저기, 책 다 묶었는데요. 창고에 가져다놓으면 됩니까?"

그렇게 묻자 그녀는 얼굴을 반쯤 내밀고 내가 가리킨 책을 내려다봤다.

"아, 아뇨. 차에 실어주세요."

"봉고차요?"

나는 되물었다. 지금까지는 판매하지 않는 책들은 안채에 창고처럼 쓰는 방에 쌓아두었다.

"네……. 시장에 내놓으려고요."

"도쓰카에요?"

"네."

편하게 시장이라 부르지만, 정식 명칭은 '고서 교환전'이라고 한다.

대부분의 고서점은 각 지역에 있는 고서조합에 가입되어 있다. 시장, 고서 교환전은 조합원들끼리 상품을 거래하기 위한 시스템이다.

자기 가게에서는 잘 팔리지 않는 종류의 책을 매입했을 경우, 조합 소유의 고서회관에서 열리는 교환전에서 매수할 동업자를 모집한다. 조합에 가입되어 있으면 다른 지역의 시장에서 거래할 수도 있다고 한다.

벽에 걸린 달력을 보자 월요일인 내일, 12월 27일에 빨간 동그라미를 쳐놓았다.

비블리아 고서당은 가나가와 현 고서조합의 쇼난 지부 소속이고, 도쓰카에 있는 서西고서회관을 이용한다고 한다. 27일은 그곳에서 2010년 마지막 교환진이 열리는 날이다.

"내일이군요."

나는 그렇게 말했다.

"도쓰카의 고서회관은 처음이네요."

지난달에 오래된 만화책을 대량으로 매입했는데, 시오리코 씨는 그걸 도쿄의 고서 교환전에 내놓기로 했다. 만화 전문점이 많은 도쿄의 시장에 내놓는 게 낫겠다고 판단했으리라.

"아뇨, 내일은 좀……. 그저께 들여온 책 정리도 아직 안 끝났고…… 시장에는 내년 초에나 나갈 수 있을 것 같아요."

조금 아쉬웠다. 일 핑계로 또 둘이서 나갈 수 있는 줄 알았는데.

"……알겠습니다."

고개를 끄덕이며 다시 일을 시작하려는데 시오리코 씨의 목소리가 들렸다.

"아, 다이스케 씨."

그녀는 나를 불러 세워 단행본 한 권을 건넸다.

"이것도 같이 묶어주세요."

내 얼굴을 보지도 않고 서둘러 그렇게 말하더니, 시오리코 씨는 다시 책 더미 뒤로 숨어버렸다.

수수한 빛깔의 박스에 회색 책등. 사카구치 미치요의 『크라크라 일기』였다. 사카구치 안고의 아내가 결혼생활을 회상하며 쓴 에세이라고 한다.

"또 샀네."

시오리코 씨에게는 특별한 책이다. 고서를 더없이 사랑

하는 그녀가 좋아할 수 없다고 말하는 책. 그런데도 계속 사들인 뒤에 다시 처분하고 있다.

나는 박스에서 책을 꺼내 천천히 넘겨보았다. 보존 상태도 좋고 낙서도 없었다. 그렇다면 시오리코 씨가 찾는 책이 아니라는 뜻이다.

10년 전, 시오리코 씨의 어머니 시노카와 지에코는 『크라크라 일기』를 남기고 집을 나갔다. 딸보다 더 엄청난 지식을 가진 데다 비상한 두뇌를 가진 대단한 인물이었다고 한다.

하지만 아이에게는 미안하게 생각한다. 겨우 네 살배기에게서 엄마를 뺏는 건 너무 가혹하다. 나는 아이의 동그란 까만 눈을 보는 게 두려웠다. 딸을 떠올리는 게 두려웠다. 당분간, 몇 년이 될지는 모르지만 딸아이를 만나지 않기로 결심했다. 아마 그 결심을 실행할 것이다.

『크라크라 일기』의 한 구절이 눈에 들어왔다.

사카구치 안고와 결혼하기 전, 미치요에게는 딸이 하나 있었다. 딸을 친정어머니에게 맡기고 안고와 결혼한 것이다.

시오리코 씨는 『크라크라 일기』를 어머니가 남긴 메시지로 여겼다. 어머니에게 다른 남자가 생긴 게 틀림없다고 생각했기에, 책을 펼쳐보지도 않고 시장에 팔아버렸다.

그러나 어쩌면 책 어딘가에 딸에게 보내는 말을 직접 적어놓았을지도 모른다.

그 가능성을 확인하기 위해 시오리코 씨는 이미 팔아버린 책을 다시 찾고 있었다.

이만큼 찾았는데도 발견하지 못한 걸 보면 누군가 소장하고 있을 것이다. 아니면 처분해버렸거나.

······이미 눈물이 흐르고 있었다.
나처럼 나쁜 엄마는 있어도 없는 거나 마찬가지야, 너한테는 좋은 할머니가 계셔. 외롭겠지, 나도 네가 보고 싶을 거야. 하지만 너도 크면 이 엄마 마음을 알 수 있을 거란다. 날 원망해도 좋으니 그저 아프지 말고 건강하게 자라렴. 당분간은 너와 만나지 않기로 결심했지만, 엄마를 그리며 울지는 말려무나.
나는 아이를 떠올리며 중얼거렸다.

딸이 외로워하고 자신을 원망할 것을 알면서도 한동안 만나지 않기로 결심했다. 잔인할 정도로 솔직한 고백이었다. 시노카와 지에코의 심정도 이랬을까.

'그 사람은 시노카와 지에코······. 우리 엄마예요.'

내 머릿속을 스쳐 지나간 건 시오리코 씨가 아니라 동생인 아야카의 목소리였다.

예전에 안채 2층에서 발견한 시오리코 씨와 꼭 닮은 여자의 그림, 그 그림의 모델이 누구인지 아야카가 가르쳐주었다. 아야카는 근처 고등학교에 다니는 여고생으로, 시오리코 씨와는 거의 열 살 터울이다.

어머니가 10년 전에 집을 나갔다고 하니, 그때는 아야카도 초등학생이었거나, 아직 입학하기 전인 어린애였으리라. 이 책과 비슷한 상황에서 어머니와 생이별을 한 것이다.

'시노카와 지에코……'

시노카와 성을 쓴다는 건 아직 호적에 올라 있다는 뜻일까. 물론 아야카가 습관적으로 그렇게 불렀을 가능성도 있다.

그러고 보니 시노카와 자매는 부모님 사이가 어땠는지 한마디도 언급한 적이 없다. 비블리아 고서당의 전 주인인 자매의 아버지는 집을 나간 아내를 어떻게 생각했을까.

나는 시노카와 지에코라는 여성에 대해 더욱 알고 싶었다. 그건 시오리코 씨를 더욱 깊이 알아가는 일이기도 하기 때문이다. 그녀가 가슴에 품고 있는 어둠은 사라진 어머니와 관련되어있다.

『크라크라 일기』의 한 구절을 뚫어지게 바라보며 생각에 잠겨있는데, 느닷없이 눈앞이 어질어질했다.

나는 책 자체에는 관심이 있지만, 오랫동안 활자를 읽다 보면 머리가 아파서 잘 읽지 못한다. 그런 '체질'이다.

읽지도 못하는데 책 이야기를 듣고 싶어하는 나와 책 이야기를 할 때만 청산유수가 되는 시오리코 씨. 우리 관계는 큰 문제없이 이어지고 있다.

하지만 책을 통해서만 이어진 관계라는 건 뭔가 이상하다. 앞으로도 계속 이런 관계로 지내는 게 좋다고 생각하지도 않는다.

책을 덮고 다시 박스에 넣었을 때 계산대 너머에서 인기척이 느껴졌다.

고개를 들자 문고본을 내미는 30대 남자가 보였다. 문고본 코너 앞에 서있던 다운재킷 차림의 손님이었다. 소겐추리문고의 『올해의 SF걸작선 2』와 분순문고의 『기묘한 이야기』였다. 두 권 모두 커버가 없어서 비싼 책은 아니었다.

"감사합니다."

상대는 아무 말도 하지 않았다.

가끔 오는 손님인데 대화를 나눈 적은 거의 없었다. 고서점의 손님들은 거의 아주 말이 많거나, 아주 말이 없거나 둘 중 하나다.

"오늘도 춥네요."

말을 걸자 상대는 살짝 눈을 부릅떴다. 자기를 기억하고 있는 게 뜻밖이라고 생각했는지도 모른다.

나는 남들보다 기억력이 좋은 편은 아니지만, 이 손님은 기억에 남아있었다. 나처럼 덩치가 크고 머리스타일도 비슷했기 때문이다. 키가 커서 다른 사람과 눈높이가 맞는 일이 거의 없다.

나는 돈을 받고 봉투에 넣은 문고본을 건넸다.

"절판된 문고본은 저기 꽂혀있는 게 전부입니까?"

느닷없이 남자가 말문을 열었다. 별일도 다 있다.

"아, 네. 그런데요."

"앞으로 서가에 올릴 책도 없고요?"

"네. 따로 찾으시는 책이 있으십니까?"

나는 물어봤다. 입고 예정이 있는지 확인하러 재차 물은 줄 알았는데, 남자는 순순히 고개를 저었다.

"아, 아닙니다. 좋은 책이 얼마 없는 것 같아서요……."

남자는 아쉬운 듯 말하더니, 봉투를 들고 나갔다.

나는 계산대 밖으로 나가 문고본 코너 앞에 갔다.

'평소에 얌전하던 손님이 불평을 하면 새겨들어라. 불만이 가득 쌓였다는 뜻이니까.'

오랫동안 식당을 꾸려왔던 할머니의 가르침이었다.

'그렇게 적은가?'

나는 고개를 갸웃거렸다. 비블리아 고서당에서 취급하는 문고본은 대부분 오래된 절판본들이다. 군데군데 빈 곳은 있지만 꽂힌 책들은 예전과 별다를 게 없는 것 같았다. 남자의 말처럼 상태가 심각해 보이지는 않았다.

"그러게요, 얼마 없네요……."

갑자기 옆에서 시오리코 씨의 목소리가 들렸다. 어느새 책 더미 뒤에서 나와 내 옆에 서있었다. 오른손으로 지팡이를 짚은 모습이다.

반년 전, 다자이 오사무의 『만년』 초판본이 얽힌 사건에 휘말려 다리를 다친 뒤로 아직 완전히 회복하지 못했다.

"그런가요?"

그녀는 입가에 주먹을 대고 있었다. 생각에 잠겼을 때의 버릇이다.

"저기, 방금 그 손님은 무슨 책을 사갔나요?"

책 제목을 말하자 시오리코 씨의 표정이 더욱 어두워졌다.

"역시……. 이대로는 안 되겠네요."

"뭐가요?"

"최근에 들여온 책들만 나가고 없어요. 남은 건 오랫동안 팔리지 않은 책들뿐이에요."

"아."

듣고 보니 그랬다. '예전과 달라진 게 없다'는 사실 자체가 문제인 것이다.

"책을 새로 들여와야겠네요."

나도 그 말에 동의하지만, 솔직히 어쩔 수 없는 상황이었다. 신간을 취급하는 서점과 달리 고서점에서는 들어오는 책의 종류를 마음대로 정할 수 없으니까.

"역시 내일 시장에 다녀와야겠어요."

시오리코 씨가 말했다.

"책은 내년에 내놓는다면서요?"

"예, 하지만 시장은 책을 내놓기만 하는 곳이 아니니까요."

그렇지, 참. 시장에는 수많은 고서점에서 고서를 내놓는다. 팔기만 하는 게 아니라 살 수도 있는 것이다.

"어쩌면 문고본 매물이 있을지도 몰라요."

2

다음날도 바람이 찼다.

도쓰카의 고서회관에 도착한 건 아침 10시쯤이었다. 주차장이 꽉 차서 차들이 건물 앞에 일렬로 늘어서있었다. 우리는 그 줄 끝에 차를 세우고 내렸다.

고서회관은 4층 높이의 낡은 빌딩이었다. 시장은 2층에서 열리는 듯, 열린 창문 너머로 오가는 사람들이 보였다.

시오리코 씨가 찾는 『크라크라 일기』가 머릿속을 스쳐 지나갔다. 10년 전, 비블리아 고서당의 다른 책들과 함께 내놓았을 때 어느 가게에서 사들인 모양이다.

별 값어치가 없는 책이니 행방을 기억하는 이는 없으리라. 만일 있었다면 시오리코 씨가 진작 찾아냈겠지. 『크라크라 일기』가 마지막으로 거쳐 간 곳이 바로 이 건물이다.

"갈까요?"

우리는 나란히 도로를 건넜다. 퇴원했을 당시에 비하면 시오리코 씨의 걸음에서는 확실히 힘이 느껴졌다. 조금씩이지만 회복되고 있는 것이다.

건물 입구 앞에 책을 싣기 위한 손수레가 놓여있었다. 흡연 공간인지 재떨이도 보였다.

바늘처럼 비쩍 마른 백발의 남자가 재떨이를 노려보며 담배를 피우고 있었다.

매부리코에 날카로운 눈매가 눈길을 끄는, 위압감이 느껴지는 외모였다. 머리 위의 은테 안경이 덥수룩한 머리카락을 누르고 있었다.

난데없이 누가 내 재킷을 살짝 잡아당기는 기분이 들었다. 돌아보니 시오리코 씨가 내 뒤에서 옷자락을 잡아당기고 있었다. 눈앞에 있는 것조차 싫을 정도로 불편한 상대인 모양이다.

그래도 말없이 무시하고 지나치지는 않았다.

그녀는 긴장을 풀려는 듯 숨을 깊이 들이쉬더니 남자 앞에 멈춰서 정중하게 고개를 숙였다. 나도 그녀를 따라 인사를 했다.

"히, 히토리 사장님, 오랜만이에요."

히토리라는 건 가게 이름이리라. 고서점의 주인은 가게 이름으로 불리는 경우가 많다. 자세히 보니 '히토리서방'이라는 이름표를 가슴에 달고 있다. 어디서 들어본 적이 있는 것 같다.

시오리코 씨가 인사를 건넸는데도 '히토리 사장님'은 대답하지 않았다. 다 피운 담배를 끄더니 코트 주머니에서 새 담배를 꺼내 불을 붙였다.

'사람이 인사를 하는데······.'

발끈한 건 나 혼자였다. 인사를 마친 시오리코 씨는 서둘러 지팡이를 짚고 건물 안으로 들어갔다.

때마침 모두 자리를 비웠는지, 접수처에는 아무도 없었다. 창구 옆에 있는 나무 선반에 가게 이름이 적힌 이름표가 늘어서있었다. 이 고서회관을 이용하는 고서점들의 이름표다.

시오리코 씨는 '비블리아 고서당'의 이름표를 두 개 꺼내 하나를 나에게 건넸다.

"잘 보이는 곳에 다세요."

"아, 네."

특별한 이벤트가 열릴 때를 제외하면 회관에 출입할 수 있는 건 고서조합 회원뿐이다. 이름표는 조합원의 증표다.

'어?'

가슴에 이름표를 달려던 나는 당황했다. 이름표를 뒤집어봤지만 핀이 없었다. 뭔가 다는 방법이 따로 있는 건가?

"그거, 망가졌어."

히토리서방의 주인이 말을 걸었다. 미간의 주름에까지 짜증이 배어있었다. 빨리 눈앞에서 사라지라는 투였다.

"감사합니다."

일단 감사 인사를 했는데도 상대는 거들떠보지 않았다.

"이걸 잠깐 빌려야겠네요."

시오리코 씨가 계산대 구석에 있는 클립을 집어 들었다. 나는 그걸로 바지 벨트에 이름표를 달았다. 썩 보기 좋은 모습은 아니었지만 어쩔 수 없었다.

짧은 복도 끝에 엘리베이터가 있었다. 아무리 기다려도 좀처럼 내려오지 않아서 하는 수 없이 계단으로 올라가기로 했다.

"저분하고 무슨 안 좋은 일이라도 있었습니까?"

천천히 계단을 올라가는 시오리코 씨의 뒷모습에 대고 물었다. 그는 시오리코 씨를 무척 싫어하는 것처럼 보였다.

"이런저런 일로 사이가 좋지 않았던 모양이에요. ……저희 어머니하고요."

시오리코 씨는 자그마한 목소리로 대답했다.

"그래서 저도 싫어하시는 것 같아요."

"……."

왠지 이해가 갔다.

시오리코 씨의 어머니는 고서 매매에 관해 수단과 방법을 가리지 않는 사람이었다. 후지코 후지오의 『최후의 세계대전』이 얽힌 희귀 만화를 거래할 때는 법에 저촉되는 행위까지 저질렀다. 동업자와 분쟁이 있었더라도 이상할 건 없다.

"저도 저 사장님은 좀 불편해서요. 가게에는 자주 들르지만……."

"네? 그 가게에 뭔가 특별한 거라도 있습니까?"

그녀는 층계참에서 홱 뒤돌아봤다. 안경 너머의 눈동자가 반짝거리고, 화장기 없는 하얀 뺨이 발그레했다. 방금 전까지의 침울한 목소리는 온데간데없었다.

"종류가 어마어마하거든요! 히토리서방은 미스터리와

SF를 주로 다루는데, 과월호 잡지와 관련 서적도 충실하게 갖춰놓아서 후지사와 시의 마니아들 사이에서는 소문이 자자한 곳이에요!"

후지사와라는 지명을 들으니 그제야 생각이 났다. 가게 이름이 귀에 익은 것도 당연했다. 직접 가본 적이 있으니까.

"혹시 쓰지도에 있는 곳이요? 저번에 돌아오는 길에 들렀던……."

"네, 거기요! 굉장했죠?"

시오리코 씨는 힘주어 고개를 끄덕이며 몸을 앞으로 내밀었다. 밑으로 떨어질까 걱정스러웠다.

"그러고 보니……."

지난달, 작은 내기에서 이겨서 그녀와 단둘이 외출한 적 있다. 데이트가 아니라 차를 타고 그녀가 가고 싶어하는 지역 고서점을 돌았을 뿐이지만.

히토리서방은 돌아오는 길에 일부러 먼 길을 돌아 들렀던 곳이었다. 위치는 후지사와 시 쓰지도 역 옆이다.

가게 규모는 비블리아 고서당과 크게 다르지 않지만, 구석구석까지 정돈되어있는 게 인상적이었다. 책을 바닥에 쌓아두지 않고 한 권씩 파라핀지로 곱게 싸서 책장에 가지런히 꽂아놓았던 게 기억이 난다.

시오리코 씨는 오랫동안 꼼꼼하게 책장을 살펴보고 나서 책을 산더미처럼 사들였다. 그때 계산대에 있던 건 아르바이트로 보이는 중년 여성이었고, 주인은 끝까지 얼굴을 비치지 않았다. 어쩌면 일부러 나오지 않았는지도 모른다.

"가게에 있을 때도 저래요?"

"네, 저하고는 말도 섞지 않으려고 하셔서……. 그래도 거스름돈은 꼭 주세요."

"그건 당연한 거고요."

거스름돈을 주지 않는 건 범죄다. 대체 얼마나 밉보였으면.

"그런데도 거길 가고 싶어요?"

계단을 올라가려던 그녀가 다시 휙 돌아봤다. 아까처럼 흥분한 표정이었다.

"책 종류가 어마어마하게 많잖아요!"

그 무엇보다 고서 사냥이 우선인 모양이다.

누가 '책벌레' 아니랄까봐.

2층 회장은 생각보다 넓었다.

같은 간격으로 놓인 긴 테이블 위에 고서들이 산더미처럼 쌓여있었다. 구매자인 고서점 직원들이 테이블 사이의 좁은 통로를 지나다니고 있었다.

"어쨌든 둘러보죠."

시오리코 씨가 앞장서 회장을 돌기 시작했다.

그녀를 보는 사람들마다 오래간만이다, 오늘은 무슨 책을 찾으러 왔느냐, 하며 말을 걸었다. 오랜만에 만난 친척과 인사를 나누는 듯이 친근한 태도였다. 시오리코 씨도 작은 목소리로나마 열심히 대답했다.

이곳에 있는 사람들은 다들 아는 사이인 모양이다. 시오리코 씨는 세상 돌아가는 이야기를 하면서도 테이블 위의 상품을 빈틈없이 살폈다.

시장에 나온 상품의 종류도 제각각이었다. 비교적 새것으로 보이는 문고본과 만화책이 눈에 띄었지만, 문학전집과 학술서도 제법 많았다. 옛날 자동차 카탈로그와 이 지역의 옛 지도, 거의 백 년 전의 것인 듯한 졸업 앨범도 있었다. 한편으로는 DVD 포함 성인 잡지와 '18세 이하 구독 불가' 표시가 눈에 띄는 동인지도 쌓여있었다. 이게 정말 팔릴까 싶은 물건들도 드문드문 보였다.

"시장에 대해 자세히 말씀드린 적이 있던가요?"

시오리코 씨가 물었다.

"아, 아뇨. 제대로 들은 적은 없습니다."

내가 아는 건 동업자들끼리 고서를 거래한다는 것 정도다. 애당초 시장이라는 곳에 발을 들여놓은 것도 오늘이 겨우 두 번째다.

"그럼 정식으로 설명 드릴게요. 통행에 방해되니까 이쪽으로 오세요."

그녀는 내 소매를 잡아끌고 창가로 갔다. 아까 길에서 올려다본 창문 같았다. 아래로는 한 줄로 늘어선 차량들이 햇빛을 반사하고 있었다.

"고서 교환전에는 몇 가지 거래 방법이 있지만, 오늘은 '입찰'이에요. 구매자는 회장에 있는 상품을 둘러보고 원하는 책이 있으면 금액을 종이에 적어 입찰해요."

시오리코 씨는 유창하게 설명을 시작했다. 고서에 관한 이야기만 나오면 언제나 딴 사람처럼 성격이 바뀐다.

"출품된 모든 책에 봉투가 끼워져있는 게 보이시죠? 저기 있는 책 더미 보이세요?"

시오리코 씨는 제일 가까운 테이블에 쌓여있는 만화책을 눈으로 가리켰다.

서른 권씩 끈으로 묶인 책이 통로에 책등이 잘 보이도록 네 단으로 쌓여있었다. 『베르세르크』나 『GANTZ』처럼 요즘 연재 중인 청년만화 단행본이 많았다.

한가운데 올려진 묶음의 끈에 노란 봉투가 끼워져있었다. 연필로 '청년만화', '4줄'이라 적혔다. 그 밑에 '4'나 '9'라는 숫자가 보였다.

"'4줄'이라는 건 출품된 고서의 수량이에요. 저렇게 하나의 묶음을 1줄로 칩니다. 저 단행본 묶음은 4개니까 4줄이라고 표시한 거예요."

나는 고개를 끄덕였다. 판매자가 청년만화를 4줄 판매한다는 뜻이다.

젊은 남자가 걸음을 멈추고 만화 더미를 위아래로 훑어보았다. 그리고 손에 든 작은 용지에 연필로 뭐라고 적더니 재빨리 접어 노란 봉투에 넣었다.

"저게 입찰하는 거죠?"

남자가 자리를 떠나자 나는 시오리코 씨에게 물었다.

"네. 원하는 물건이 있으면 금액을 용지에 적어서 저 봉투에 넣으면 돼요. 가장 높은 금액으로 입찰한 가게가 낙찰을 받아서 상품을 가져가는 시스템이에요. 물론 대금은 책을 출품한 가게에 치르고요."

"봉투에는 어느 가게에서 내놓은 물건인지 적혀있지 않나요?"

아까부터 궁금했던 걸 물어봤다. 봉투에는 출품한 책의 종류와 수량, 그리고 뭔지 모를 숫자뿐이다.

"네. 원칙적으로 출품한 곳의 상호는 밝히지 않아요. 봉투에 두 종류의 숫자가 적혀있죠? 저건 출품한 가게와 상품에 붙은 숫자에요."

그녀는 벽 쪽에 있는 책상을 가리켰다.

"책을 출품하려면 먼저 저기서 출품 등록 용지를 작성한 뒤에, 그 옆에 보이는 자물쇠가 달린 상자에 용지를 넣으면 돼요. 상호는 등록 용지에만 적게 되어있어서, 어느 가게에서 내놓은 상품인지 확인할 수는 없죠."

"호오."

옆에서 다른 사람의 목소리가 들렸다.

검은 하이넥 스웨터 차림의 호리호리한 남자가 우리 바로 옆에 서있었다. 짧게 자른 머리는 단정하게 가르마를 탔고, 턱에 턱수염을 길렀다. 은테 안경을 낀 모습이 흡사 불량한 국어교사를 연상시켰지만, 어찌된 영문인지 새빨간 앞치마를 두르고 있었다.

"시노카와가 남한테 제대로 뭔가를 가르치는 건 처음 보는군."

남자는 감개무량하다는 표정으로 고개를 끄덕였다. 시오리코 씨보다 조금 연상인 것 같다.

"아, 렌조 씨. 안녕하세요."

시오리코 씨가 웃으며 인사를 건넸다.

"다리는 좀 괜찮아?"

"네, 많이 좋아졌어요."

그렇게 말하며 시오리코 씨는 나를 돌아봤다. 나는 그녀가 소개하기 전에 먼저 '렌조'라 불린 남자에게 고개를 숙여 인사했다.

"고우라 다이스케라고 합니다. 비블리아 고서당에서 일하고 있습니다."

"소문은 들었어."

남자는 내 얼굴을 빤히 들여다봤다.

소문? 무슨 소문이지?

한동안 침묵이 흘렀다.

"아, 내 소개를 해야지. 다키노 렌조라고 하네. 연꽃 연蓮 자에 지팡이 장杖 자를 써서 렌조. 이상한 이름이지? 웃어도 뭐라고 하지 않을게."

다키노 렌조는 선수를 치듯 씩 웃었다.

비웃을 생각은 없었다. 다만 시오리코 씨가 그를 이름으로 불렀다는 사실이 놀라웠다. 남자를 이름으로 부를 기회가 거의 없었다고 들었는데…….

아니, '거의 없었다'는 건 몇 번은 있었다는 뜻이다.

"렌조 씨는 고난다이에 있는 다키노북스 사장님의 아드님이세요."

시오리코 씨가 설명했다.

"어릴 적부터 자주 왕래하던 사이라서……."

부모가 동종업계에 종사한 까닭에 친하게 지낸 것이리

라. 고난다이는 오후나에서 전철로 두 정거장 떨어진 곳이고, 기타가마쿠라에서도 그리 멀지 않다.

"내 여동생도 시노카와와 같은 학교에 다녔거든. 그 둘이 친하지, 나하고는 별 사이 아니야. 그냥 아는 오빠 동생 사이지."

"아, 아니에요. 렌조 씨한테도 도움을 많이 받았어요."

시오리코 씨가 진지한 표정으로 부정했다.

"아니, 도움은 무슨. 정말이야."

다키노는 나를 보며 진지하게 말했다. 꼭 놀림 당하는 기분이었다. 나와 시오리코 씨가 미묘한 관계라는 걸 아는지도 모른다.

"오늘은 무슨 일이야? 물건 들이러 온 거야?"

"네. 절판된 문고본 중에 괜찮은 게 없을까 해서요."

"절판된 문고본이라."

다키노는 중얼거렸다.

"그런 물건은 요즘 잘 안 나오더라고. 인터넷 옥션 같은 데다 직접 판매하는 경우가 많지."

"하긴 그렇겠군요. 아쉬워라……."

"그런데 오늘은 나왔어."

다키노는 덧붙였다.

"네? 어디요?"

"저기."

다키노는 따라오라는 듯 걸음을 옮겼다.

뭔가 종잡을 수 없는 사람이다. 시오리코 씨와 나는 그 뒤를 따랐다.

"저번 휴일에 우리 동생이랑 결국 어디서 마셨어?"

다키노가 어깨 너머로 시오리코 씨에게 물었다.

"아, 네. 류가 요새 새로 찾은 바가 있다고 해서 요코하마에……."

"그 녀석, 인사불성이 될 때까지 마셨지? 폐 끼쳐서 미안해."

"아뇨, 그 정도는……."

나는 두 사람의 대화에 놀라움을 금치 못했다.

"술 마실 줄 아세요?"

나는 작은 소리로 물었다. 비블리아 고서당에서 일하기 시작한 지도 반년이 지났지만, 시오리코 씨가 술을 마신다는 이야기는 처음 들었다. 술 같은 건 한 방울도 입에 대지 않겠거니 제멋대로 생각하고 있었는데.

"잘 마시는 편은 아니지만, 술자리 분위기는 좋아하는 편이에요."

그랬구나. 왜 그걸 몰랐지.

더 일찍 알았으면 같이 나갈 때 어디에 갈지 그렇게 고민

할 필요도 없었을 텐데.

"저어, 그럼 다음에 같이……."

"이거야."

다키노가 걸음을 멈추는 바람에 끝까지 말을 잇지 못했다.

그가 가리키는 회장 구석 테이블에 문고본이 5단으로 쌓여있었다.

"와!"

시오리코 씨의 얼굴이 단번에 환해졌다. 그녀는 테이블을 손으로 짚고 책등에 얼굴을 바싹 들이댔다.

"이거예요! 우리 가게에 들여놓으면 정말 좋겠어요."

나도 옆에서 책등을 훑어봤다. 하야카와문고와 소겐추리문고가 7할쯤, 나머지는 다른 레이블의 문고본이었다. 비블리아 고서당에도 가끔 들어오는 산리오SF문고도 몇 권 있었다. 봉투에는 독특한 글씨체로 'SF문고', '5줄'이라고 적혀 있었다.

"특히 맨 위에 있는 물건들이 좋네요. 1만 엔은 거뜬히 나갈 것 같은 책도 있어요."

"전부 SF입니까?"

"판타지나 호러도 있어요. 이 책하고 이 책은 우리 가게에서도 판매한 적이 있고요."

그렇게 말하며 시오리코 씨는 맨 위에 있는 책을 쿡 찔렀다. 시오도어 스터전의 『그림자, 벽의 그림자Shadow, Shadow on the Wall』와 밥 쇼의 『다른 날들, 다른 눈동자들Other Days, Other Eyes』이었다. 그 묶음만 느슨하게 묶었는지 책등이 살짝 기울어져있었다.

"사실은 비블리아에서 산 책 아냐?"

다키노가 물었다.

"그럴지도 몰라요. 만일 우리 가게에서 사신 책이라면, 다시 파실 때도 우리한테 가져오셨으면 좋았을 텐데."

시오리코 씨는 한숨을 내쉬었다.

고서점에서는 단골손님이 좋은 책을 사가는 것도 중요하지만, 좋은 책을 팔게 하는 것도 중요하다고 들었다. 책이 팔리기만 하면 결국 서가의 구성이 단출해지기 때문이다.

예고도 없이 누군가가 어깨를 끌어안았다. 다키노가 우리 사이에 끼어들듯 얼굴을 들이댔다. 뭔가 할 말이라도 있나?

그는 생각에 잠긴 표정으로 꼼짝도 하지 않았다. 설마 나와 어깨동무를 하고 싶은 건 아니겠지.

"저기, 왜 그러십니까?"

내 물음에 그는 나지막한 목소리로 속삭였다.

"실은 이 책, 그저께 우리 가게에서 내놓은 책이야. 지난

주에 내가 가게를 볼 때 매입했지. 우리 가게에서는 취급하지 않는 책이라 시장에 내놓으려고 산 거야."

"책을 판매한 손님은 어떤 분이었나요?"

시오리코 씨의 목소리도 덩달아 낮아졌다.

"짧은 머리에 수수한 인상의 30대 여자였어. 안경을 썼는데, 딱 봐도 책 좋아하게 생겼더라고. 주소는 혼고다이였어. 짚이는 사람 있어?"

"아뇨."

"그럼 비블리아 손님은 아닌 모양이네. 알아서 입찰해."

그렇게 말하고 자리를 떠나려던 다키노를 시오리코 씨가 불러 세웠다.

"렌조 씨, 히토리 사장님도 이 물건을 보셨어요?"

아까 입구에서 만난 깐깐한 인상의 남자를 떠올렸다. SF와 미스터리를 전문으로 다루는 고서점이라면 여기 있는 절판본을 분명히 탐을 낼 것이다.

"오늘은 못 봤는데. 오셨어?"

"입구에서 담배를 피우시는 걸 봤어요."

"그래? 그럼 어제 입찰했을지도 모르겠네. 어제 오후에 물건을 내놓으러 왔었다고 들었거든. 하긴 그 양반이 이런 걸 놓칠 리가 없지."

말을 마친 다키노는 자리를 떠났다.

"히토리 사장님은 이런 문고본을 비싸게 부르세요. 저희가 낙찰 받으려면 마음 단단히 먹어야 할 거에요."

시오리코 씨는 'SF문고'라 적힌 봉투를 집었다. 사람들이 얼마나 입찰했는지 봉투의 두께로 가늠하는 것 같았다.

"히토리 사장님 말고 다른 분들도 많이 입찰하셨네요. 인기 상품이에요."

그녀는 눈을 꼭 감았다. 금액을 머릿속으로 계산하는 모양이다.

그때 회장 문 옆에 선 사람의 모습이 눈에 들어왔다. 회색 코트를 입은 백발이 성성한 남자, 건물 입구에서 본 히토리서방 사장이다. 그는 문고본 앞에 있는 시오리코 씨를 날카로운 눈빛으로 노려보았다.

등골이 오싹해졌다. 아무리 시오리코 씨의 어머니와 사이가 좋지 않았다고 해도, 그 딸에게까지 저렇게 숨김없이 적개심을 드러낼 이유가 있나?

나는 그의 시선으로부터 시오리코 씨를 보호하듯 막아섰다.

내가 자신을 노려보는 걸 알아챘는지, 사장은 화난 얼굴로 다시 회장 밖으로 사라졌다.

"다이스케 씨, 왜 그러세요?"

어느새 시오리코 씨가 눈을 동그랗게 뜨고 나를 보고 있었다.

"아뇨, 아무것도."

"지금부터 제가 말하는 금액을 입찰 용지에 써주실래요? 지팡이 때문에 오른손을 쓸 수가 없어서요."

"아, 네."

나는 테이블 위에서 입찰 용지를 집었다. 작은 메모지 같은 입찰 용지는 회장 곳곳에 비치되어 있었다.

기입 방법에 대한 설명을 들으며 나는 히토리서방의 사장을 떠올렸다.

시오리코 씨의 어머니, 시노카와 지에코와 대체 무슨 일이 있었던 걸까. '사이가 좋지 않았다'는 한 마디로는 표현할 수 없는, 더욱 깊은 사연이 있는 게 틀림없다.

어쩌면 시오리코 씨도 모르는 뭔가가 있을지도 모른다.

3

개찰은 11시에 시작됐다.

하지만 회장에 있는 모든 상품의 입찰이 마감된다는 뜻은 아니다. 먼저 일부 구역의 출입을 통제하고 그곳의 상품에 꽂힌 봉투를 개봉한다. 안에 들어있는 입찰 용지 중 가장 높은 금액을 적은 용지를 물건에 붙여 어느 가게에서 낙찰했는지 밝힌다.

작업이 끝나면 다른 구역으로 옮겨 개찰을 시작한다. 아직 다른 구역에서는 입찰이 계속되고 있었다. 비블리아 고서당이 입찰에 참여한 건 예의 절판본뿐이었기에, 우리는 회장 한구석에서 개찰이 진행되기를 기다렸다.

공사 현장에서나 볼 법한 막대기로 테이블 사이를 막아놓고, 그 너머에서 두세 명이 분담해서 봉투를 열고 있었다. 그 안에는 아까 이야기를 나눈 다키노도 있었다.

"그러고 보니 다키노 씨는 왜 저기 있습니까?"

"운영위원이거든요."

"운영위원이요?"

"고서 시장은 운영위원, 즉 조합 가맹점에서 파견된 사람들이 운영의 주체예요. 다양한 고서를 접할 기회가 많아 일을 처음 시작하는 사람들에게 공부가 되는 자리죠. 저도 작년까지 운영위원이었어요."

작년까지라면 아버지가 돌아가시기 전이다. 이후 혼자서 가게를 꾸려나가게 된 바람에 시장 운영에 참여할 여유가 없어진 것이다.

"'시장'과 '조합'은 일본 고서점 업계의 특징이에요. 에도시대의 혼야나카마本屋仲間, 에도시대 출판업자들의 조합가 원형이라는데, 이런 형태로 고서점끼리 서로 협력하는 직업 길드는 유럽이나 미국에서도 지금은 거의 찾아볼 수 없다고 들었어요."

설명을 듣다 보니 문득 생각나는 게 있었다.

"운영위원, 저도 할까요?"

대답이 돌아오기까지 조금 시간이 걸렸다.

"음……. 다이스케 씨가 앞으로도 이 일을 계속하실 거라면요."

나는 말문이 막혔다. 하겠다고 확답을 할 수가 없었다.

"아, 개찰이 시작된 모양이에요. 가봐요."

시오리코 씨가 지팡이를 짚고 걸음을 내디뎠다.

내가 비블리아 고서당에서 일하게 된 건 고서점에서 일하고 싶었기 때문이 아니다. 딱히 일자리가 없었기도 했지만, 무엇보다 이 기묘한 고서점 주인과 이 사람이 들려주는 책 이야기에 마음이 끌렸기 때문이다. 애초에 나는 제대로 책을 읽을 수도 없다.

그런 내가 이 일을 계속해도 될까. 아니, 계속할 수 있을까.

솔직히 자신이 없었다. 제대로 결론을 내려야 할 텐데…….

"휴……."

절판본 앞에서 걸음을 멈춘 시오리코 씨가 힘없이 어깨를 떨궜다.

책 묶음에 최고가가 적힌 입찰 용지가 붙어있었다. 우리가 쓴 것이 아니었다. 숫자 옆에 휘갈긴 글씨로 '이노우에'라는 서명이 적혀있었다.

"히토리 사장님이에요."

시오리코 씨가 말했다. 최종적으로 이 절판본을 낙찰 받은 건 히토리서방이고, 시오리코 씨는 경쟁에서 진 것이다.

"이것도 '3교찰' 이죠?"

히토리서방의 입찰 용지에는 세 종류의 숫자가 적혀있었다. 모두 다섯 자리 숫자였다.

아까 시오리코 씨에게 들은 바에 의하면, 비싸게 입찰할 경우에는 복수의 금액을 기입할 수 있다고 한다. 이곳의 규칙에 따르면 입찰액이 다섯 자리일 경우에는 세 개까지 병기할 수 있다. 그걸 '3교찰' 이라 부른다. 아까 우리도 3교찰로 입찰했다.

"네, 최고가로 낙찰됐네요. 아쉽게도."

"네?"

"세 개 중에 가장 높은 금액이요. 그 다음이 중간가, 가장 낮은 금액이 최저가죠. ……여길 보세요."

시오리코 씨는 세 개 중에 가장 큰 숫자를 가리켰다. 다른 사람의 필적으로 동그라미가 쳐져있었다. 한마디로 가장 높은 '최고가' 에 낙찰되었다는 뜻이다.

"어?"

자세히 보니 '이노우에'가 쓴 최고가는 아까 시오리코 씨가 나한테 불러준 최고가와 거의 비슷했다. 겨우 10엔 차이였다.

조금 더 금액을 높게 써서 입찰했더라면 우리가 낙찰 받을 수 있었을 텐데.

"털끝 차이로 졌네요."

시오리코 씨는 못내 아쉬워 보였다.

"네? '털끝'이요?"

일일이 되묻기도 미안했지만, 전문용어가 너무 많아서 무슨 말인지 잘 이해할 수가 없었다.

"10엔 단위의 근소한 차이를 '털끝'이라고 해요. 혹시 몰라서 히토리 사장님이 쓸 것 같은 금액에 1000엔을 더 썼는데……. 제 예상이 빗나갔네요."

"저 사람은 우리 입찰액을 예측했을까요?"

우리가 히토리서방의 입찰액을 예상한 것처럼 히토리서방도 우리 입찰액을 예측한 게 아닐까.

시오리코 씨는 고개를 저었다.

"절 의식하지는 않았을 거예요. 아까 들은 이야기로는 입찰은 어제 하셨다니까요……. 단순히 실력차죠."

시오리코 씨는 미련 남은 손길로 책등을 어루만졌다.

개찰은 거의 막바지에 이른 것 같았다. 주변에서 낙찰이 끝난 상품들을 밖으로 운반하고 있었다. 결국 오늘은 헛걸음을 한 셈이다.

그때 코트 차림의 남자가 나타나 테이블을 들이받다시피 손수레를 세웠다. 시오리코 씨가 어깨를 움찔했다. 히토리 서방의 주인, 이노우에였다.

"거기서 뭐 하나?"

"아, 그, 그게……."

"우리 상품을 멋대로 건드리지 마."

험악한 목소리에 시오리코 씨는 뒷걸음질 쳤다.

"죄, 죄송합니다. 아……."

균형을 잃은 그녀를 나는 황급히 부축했다. 자칫 넘어질 수도 있는 상황이었다. 나는 손수레에 책을 옮겨 싣는 이노우에를 쏘아보며 말했다.

"입찰 용지를 본 것뿐입니다. 그게 그렇게 큰 잘못입니까?"

이노우에가 고개를 들어 내 얼굴을 노려보았다. 사람 잡아먹을 기세였다. 미간에 패인 주름이 불쾌감을 더해 더욱 깊은 골을 만들었다.

"자네가 고우라인가?"

"네?"

어떻게 내 이름을 알지? 물론 자기소개를 한 기억은 없다.

"그 여자를 조심해."

이노우에는 되물을 틈을 주지 않고 손수레를 끌어 밖으로 나갔다.

"대체 무슨 소리지?"

영문을 모르겠다. 시오리코 씨의 뭘 조심하라는 거야?

"그, 글쎄요······. 저기, 다이스케 씨."

"네?"

"그만 됐어요. 나, 남들이 보잖아요."

그제야 정신이 들었다. 나는 시오리코 씨가 넘어지지 않도록 부축하느라 허리를 끌어안고 있었다. 그녀는 새빨간 얼굴로 고개를 푹 숙이고 있었다.

"아, 죄송합니다."

놀라서 확 손을 뗐을 때였다.

"아, 저기 있네. 시노카와."

다키노가 사람들을 헤치고 다가왔다.

"비블리아에서 내놓은 물건이 엎어셨어."

"네······?"

시오리코 씨가 눈을 깜빡거렸다. 뭔가 예상치 못한 일이 일어난 모양이다.

"그럴 리가······ 없는데."

"저기 양장본이 산더미처럼 쌓여있잖아?"

무슨 말인지 못 알아듣겠다. 하는 수 없이 두 사람의 대화에 끼어들었다.

"죄송하지만, 엎어졌다는 게 뭡니까?"

"상품을 출품했지만 입찰이 들어오지 않았다는 뜻이에요."

시오리코 씨가 대답했다. 그런 뜻이었구나.

고개를 끄덕이다 말고 갸웃했다. 이번에 우리 가게에선 아무것도 출품하지 않았는데?

"렌조 씨, 정말 우리 물건인가요?"

시오리코 씨가 물었다.

"출품 등록 용지에 '비블리아'라고 적혀있었어. 일단 와서 확인해봐."

우리는 다키노와 함께 회장을 가로질렀다.

테이블에 놓인 물건은 이제 거의 없었다. 어디서 가져왔는지, 운반 작업을 마친 고서점 주인들이 구석에서 장기판을 벌이고 있었다.

"이거야."

창문 옆 테이블에 낡은 단행본이 무더기로 쌓여있었다. 편지 쓰는 법이며 결혼 준비에 대한 책, 부기 자격증 시험 참고서 등 거의 실용서였다. 모두 변색이 심해서 100엔에 내놓아도 팔리지 않을 것 같았다.

"이게 뭡니까?"

나는 작은 소리로 시오리코 씨에게 물었다. 이런 책을 출품한 기억은 없었다.

"글쎄요. 거의 10년 전 책이네요······."

그녀는 눈을 가늘게 뜨며 중얼거렸다.

"어쨌든 이 테이블을 비워야 해. 가능한 한 빨리 치워줄래?"

창문에 기대있던 다키노가 턱을 까닥했다.

"하지만 이건 저희 책이······."

그렇게 말한 순간 밖을 내다보던 다키노가 두 눈을 번쩍 떴다.

"바깥에 차 세우신 분들! 지금 주차금지 딱지를 떼고 있네요!"

그는 큰 소리로 외쳤다. 말이 끝나자마자 회장 안의 사람들이 창가로 달려와, 우리는 한쪽 벽으로 밀려났다. 그러고 보니 대부분의 차량은 도로에 주차되어있었다.

결국 이야기는 중간에 끊겼고, 우리는 서로를 마주봤다.

"이럴 때는 어째야 합니까?"

"그러게요, 어떡하죠?"

시오리코 씨 역시 곤혹스러워하는 눈치였다.

4

 가게 문을 열고 맨 처음 한 일은 계산대 밑을 정리하는 것이었다.
 간신히 공간을 확보해 고서회관에서 가져온 책 더미를 넣었다. 안채 창고에 자리가 없었기 때문에 당분간 가게에 둘 수밖에 없었다.
 하루가 지났지만 이 책들의 출처는 여전히 오리무중이었다. 고서회관에 보관할 수도 없고, 처분하려 해도 비용이 든다. 애당초 원래 주인이 누군지 모르니 처분하기도 어렵다.
 서류상으로는 비블리아 고서당에서 출품한 것으로 되어 있는 까닭에, 조합에서 상의한 끝에 사정이 밝혀질 때까지 우리가 보관하게 되었다.
 눈독을 들였던 절판본은 낙찰에 실패하고, 팔지도 못하는 책이나 가져오는 신세가 되다니. 게다가 그날 고서회관에서 나오자 길가에 세워둔 봉고차에 주차금지 딱지가 붙어있었다. 그야말로 엎친 데 덮친 격이었다.
 그나저나 대체 어느 가게에서 비블리아 고서당을 사칭해 출품한 것일까.
 서류를 잘못 기입했을 가능성은 거의 없다. 고의라고 하더라도, 이런 짓을 할 이유가 어디에 있단 말인가. 수수께끼를 푸는 데 일가견이 있는 시오리코 씨도 도무지 짐작이 가지 않는 모양이었다.

나는 바닥에 웅크리고 계산대 밑에 있는 책을 뚫어져라 쳐다봤다.

시오리코 씨의 어머니는 장서만 보고도 그 주인의 특징을 알아맞혔다고 한다. 나에게 그런 재주가 있는 건 아니었지만, 책등을 통해 뭔가 알아낼 수 없을까 하는 생각을 했다.

책을 처음 봤을 때와 다른 느낌은 받지 못했다. 전부 상태가 좋지 않은 실용서다.

하지만 가만히 바라보고 있으려니 마음에 걸리는 점이 떠오르기 시작했다.

『헌책의 기술』, 『절판 문고본 발굴 노트』, 『고서점 입문』. 고서에 관련된 책들이 드문드문 섞여있었다. 그렇다면 고서에 관심이 있는 사람이 이 책들을······.

'······멍청이!'

나는 고개를 저으며 일어났다.

그건 이 책을 판 사람의 특징이지, 출품한 가게의 특징이 아니지 않은가. 이런 생각을 한들 아무 소용없다.

그때, 안채로 통하는 문이 열리며 시오리코 씨가 들어왔다. 오늘은 가슴께에 조그만 리본이 수놓인 하얀 니트 원피스 차림이었다. 평소보다 더 사랑스러웠지만, 왠지 기운이 없어 보였다.

"이걸 비닐로 포장해서 진열해주세요. 가격은 붙여놓았어요."

그녀는 한숨을 쉬며 종이봉투를 내밀었다. 안에는 가격을 적은 메모지가 붙은 예닐곱 권의 문고본이 들어있었다.

"이 책은 어디서 난 겁니까?"

"제 방에 있던 절판본들이에요. 여러 권 가지고 있는 것 중에 팔릴 만한 책을 찾아봤어요. 책장을 뒤지면 더 나올 것 같아요. 지금부터 꺼내려고요."

한마디로 이 책들은 시오리코 씨의 소장품 중 일부인 것이다. 물건을 채워놓기 위해 내놓기로 한 모양이다.

나는 종이봉투를 받아 계산대 위에 책을 꺼냈다. 크로프츠의 『흐로테 공원 살인사건 The Groote Park Murders』과 안나 카반의 『줄리아와 바주카』 등 주로 미스터리와 SF 작품이다. 『줄리아와 바주카』는 시오리코 씨가 입원했을 때 읽는 걸 봤다.

'어?'

유난히 화려한 표지의 문고본이 눈에 들어왔다.

하얀 드레스 차림의 젊은 여성을 그린 일러스트 위에 분홍색 글자로 『민들레 소녀』라는 제목이 보였다. '해외 로맨틱 SF 걸작선 2'라는 부제가 있는 걸 보면 해외 SF소설인 모양이다.

자세히 보니 슈에이샤 코발트문고에서 나온 책이었다. 코발트문고라면 중고등학교 여학생들이 주로 읽는 브랜드인데, 비싸게 팔리기도 하는 건가.

메모지에 적힌 가격을 확인한 나는 눈이 휘둥그레졌다.

8천 엔. 여기 있는 책 중에 가장 비싸다.

"왜 이렇게 비싼 겁니까?"

"아, 이건 말이죠!"

시오리코 씨의 목소리가 환해졌다.

"로버트 F. 영의 「민들레 소녀」가 실린 책이거든요! 시간여행을 다룬 단편인데, 정말 근사한 이야기에요."

그녀는 주먹을 휘두르며 말했다. 책 이야기만 나오면 딴사람처럼 변하는 건 여전했지만, 이번에는 평소보다 더 흥분한 것 같았다. 무척 좋아하는 작품인 모양이다.

관심이 생긴 나는 몸을 앞으로 내밀었다. 당연한 소리지만, 시간여행을 다룬 작품이라면 시간을 오가는 내용이겠지.

"시간여행이면 과거와 미래 중에 어디로 가는 겁니까?"

"과거에요. 하지만 주인공이 과거로 가는 이야기는 아니에요. 주인공은 현대의 평범한 중년 남자인데, 별장에서 여름휴가 중이에요. 부인이 급한 일로 자리를 비워서 혼자 무료한 시간을 보내죠. 그러던 어느 날, 언덕 위에서 하얀 드레스 차림의 아리따운 금발 소녀와 만나요."

나는 커버를 보았다. 바로 이 소녀인 모양이다. 오늘 시오리코 씨의 모습과 왠지 비슷한 느낌이 들었다. 머리카락 색깔은 전혀 다르지만.

"소녀는 아버지가 만든 타임머신을 타고 240년 후의 미래에서 왔다고 말해요. 주인공이 있는 시대의 그 언덕을 좋아해서, 매일 같은 시간을 거슬러 그 언덕을 찾는다고요. 그래서 주인공이 있는 시대에서는 소녀가 매일 그 언덕에 나타나는 것처럼 보이는 거예요. 처음 본 주인공에게 소녀는 이렇게 말해요."

시오리코 씨는 비밀 이야기를 하듯 나에게 얼굴을 가져다댔다. 가까이서 보는 그녀의 눈동자는 흥분에 차 반짝이고 있었다.

"'그제는 토끼를 보았어요. 어제는 사슴, 오늘은 당신을.'"

순간 가슴이 두근거렸다. 언덕 위 소녀에게 직접 그 말을 듣는 기분이었다.

"조, 좋은 말이네요."

"그렇죠? 이런 말을 들으면 사랑에 빠져도 이상할 건 없죠."

시오리코 씨는 환하게 웃었다. 방금 자신이 한 행동을 전혀 이해하지 못한 눈치였다.

"……그래서 어떻게 됩니까?"

"주인공은 소녀가 한 말들이 지어낸 이야기라고 생각했지만, 부정하지 않고 그녀의 이야기를 들어주었어요. 그렇게 매일 언덕에서 만나 이야기하던 중에 한참 어린 소녀에게 점점 마음을 빼앗기게 되죠. 하지만 어느 날 갑자기 소녀가 사라져요. 주인공은 소녀에 대한 마음과 사랑하는 아내에 대한 죄책감에 괴로워하죠. ……며칠 뒤, 소녀가 다시 언덕 위에 나타나요. 상복 차림으로요."

나는 생각에 잠겼다.

"아버지가 돌아가셨군요?"

"네. 소녀는 타임머신을 만든 아버지가 돌아가셔서 부품을 교체할 방법이 사라졌기 때문에 다시 시간여행을 할 수 있을지 모르겠다고 말해요. 두 번 다시 만나지 못할 걸 각오하고 주인공을 만나러 온 거예요."

시오리코 씨의 표정이 어두워졌다. 뭔가를 떠올린 모양이었다.

"『민들레 소녀』는 지희 아버지가 좋아하셨던 책이에요. 이 책을 자주 읽으셨죠. 그래서 저도 갖고 싶었고……. 찾느라 애를 먹었죠."

시오리코 씨는 집게손가락으로 가만히 책등을 쓰다듬었다.

계산대에 놓인 『민들레 소녀』는 나온 지 수십 년이 된 책이라고는 믿기지 않을 만큼 깨끗했다. 분명 소중히 간직해 온 것이리라.

"그런 책을 팔아도 됩니까?"

"이 책을 원하는 손님이 있을 테니까요. 그리고 지금은 한 권 더 있거든요."

나는 턱까지 차오른 말을 삼켰다.

구하기 어려운 절판본을 한 권 더 가지고 있다는 건······. 어쩌면 아버지의 유품일지도 모른다.

"그다음엔 어떻게 되죠?"

"소녀는 다시 만나러 오겠다는 약속을 하고 주인공에게 사랑을 고백한 다음 떠나요. 주인공은 기다리지만 그 뒤로 다시는 그녀를 만나지 못했죠."

"아, 거기서 끝입니까?"

뭔가 안타까운 이야기였다. 소녀가 돌아와도 아내가 있으니 불륜이지만.

"아뇨, 뒷이야기가 있어요."

시오리코 씨의 목소리에 열기가 깃들었다.

미래로 가서 두 번 다시 만나지 못했다면서, 어떻게 뒷이야기가 있을 수 있지?

내가 어떻게 되느냐고 물으려던 순간이었다.

"언니, 그 얘기는 대체 언제 끝나?"

열린 문 사이로 목소리가 들렸다.

포니테일 소녀가 한 손으로 턱을 받친 채 복도에 앉아있었다. 커다란 눈동자와 까무잡잡한 피부가 인상적인 소녀로, 낡은 운동복을 입고 목장갑을 끼고 있었다.

시오리코 씨의 동생인 아야카다.

"책 꺼내는 걸 도와달라면서. 지금 얼마나 기다렸는지 알아? 아직 대청소 다 안 끝났잖아. 환풍기도 청소해야 하고, 욕실 바닥도 닦아야 하고, 장지도 바꿔야 하잖아! 그믐날까지 얼마 안 남았단 말이야!"

그러고 보니 시오리코 씨는 아까 책장에서 책을 꺼내왔다고 했다. 오른쪽 다리가 불편한 그녀 혼자 책을 정리하지는 않았으리라.

"아, 미안……."

"아냐, 내가 미안해. 시오리코 씨를 괜히 붙잡아서……."

내가 사과하자 시오리코 씨는 황급히 두 손을 내저었다.

"다이스케 씨가 왜 미안해요. 아야카, 언니가 또 버릇이 나와서……."

"누구 잘못이든 상관없어!"

아야카는 우리의 변명을 딱 자르며 말했다.

"난 관심 없으니까 얼른 하던 청소나 마저 끝내! 언니, 가자."

"아, 응."

시오리코 씨는 동생에게 끌려 안채로 돌아갔다.

홀로 남은 나는 『민들레 소녀』의 앞부분을 펼쳤다.

언덕에 서있는 소녀를 보았을 때, 마크는 시인 에드나 밀레이를 떠올렸다.
아마도 오후의 햇살 아래 민들레 빛깔 머리카락을 바람에 나부끼며 서 있는 그녀의 뒷모습 때문이었으리라. 아니면 고풍스러운 하얀 원피스가 그녀의 쭉 뻗은 날씬한 다리 주변에서 너울거리고 있었던 까닭인지도 모른다.
그는 그녀에게서 과거로부터 뛰쳐나온 사람처럼 강렬한 인상을 받았다.

번역체 때문일까. 왠지 사람의 마음을 끄는 힘이 느껴지는 문장이었다.

아까 못다 들은 뒷이야기가 궁금했다. 결말만 읽어버릴까? 아니, 그건 너무 시시할 것 같다.

짧은 소설인 듯하니 나라도 전체를 금방 읽을 수 있을지도 모른다. 하지만 아무리 손님이 없다고 해도 지금은 근무시간이다.

결론을 내지 못하고 있는 내 귀에 전화벨 소리가 들렸다.

수화기를 들어 뭐라고 말도 마치기 전에 상대가 먼저 입을 열었다.

"다키노북스의 다키노인데. 아, 고우라 씨라고 했나?"

어제 고서회관에서 만난 다키노 렌조였다.

"아, 네. 어제는 만나 뵈어서 반가웠습니다."

"시노카와 있나?"

"지금 안채에 있습니다. 바꿔드릴까요?"

"부탁하네. 아니, 잠깐! 생각해보니 시노카와한테 말해도 별 소용없을 것 같군. 자네가 좀 대신 듣게."

다키노의 진지한 목소리에서 왠지 모를 불길함을 느꼈다. 나는 수화기를 고쳐 들고 대답했다.

"……말씀하십시오."

"어제 비블리아에서 입찰했던 그 물건 있잖아. 결국 히토리서방 이노우에 사장님이 낙찰 받은 절판본."

"네? 아, 네."

10엔 차이로 아깝게 놓친 그 문고본이다. 그걸 낙찰 받았다면 시오리코 씨도 자기 책을 팔려고 내놓지 않아도 됐을 텐데.

"실은 아까 이노우에 사장님이 찾아왔어. 그 문고본 때문에."

"찾아왔다니……, 가게로요?"

"그래. 정확히 말하면 잔뜩 화가 나서 쫓아왔지. 난리도 아니었어."

"무슨 일이 있었던 겁니까?"

불길한 예감이 더욱더 강해졌다.

"음, 일종의 사고…… 라고 할까."

"사고요?"

"아, 미안. 물건을 낙찰 받고 나서 낙장이나 파본처럼 극단적인 결함을 발견하는 걸 이 바닥에서는 사고라고 불러. 물건을 샀는데 자세히 보니 불량품이었다는 거지. 이노우에 씨 말로는 그저께 오후에 입찰했을 때는 분명히 그 안에 있는 걸 봤는데, 물건을 집에 가져와 보니 감쪽같이 없어진 책이 있다는 거야. 꽤 비싼 책이라던데……. 그래서 일단 출품자인 우리 가게에 사정을 알아보러 온 거지."

"책이 분실된 겁니까?"

"잘은 모르지만 이노우에 씨는 누가 훔쳐갔다고 생각하는 모양이야. 아니, 실제로 그런 일이 있었을 거라고는 생각 안 해. 회관에 출입할 수 있는 건 조합원뿐이고, 다들 서로 아는 사이에 그런 짓을 저지를 리 없으니까."

다키노의 이야기를 들으며 나는 생각에 잠겼다.

뭐가 어떻게 연결되는 거지? 대체 이 이야기와 시오리코 씨가 무슨 관련이 있다는 걸까.

그전에 중요한 걸 깜빡했다.

"무슨 책이 없어진 겁니까?"

"코발트문고의 『민들레 소녀』라고 들었어. 들어봤나?"

나는 저도 모르게 숨을 삼켰다.

5

"『민들레 소녀』라면 '해외 로맨틱 SF 걸작선' 이요?"

"오, 잘 아는군. 비블리아 고서당의 아르바이트는 책에 문외한이라고 들었는데."

"어쩌다 보니까요……."

나는 말을 흐렸다. 지금 눈앞에 실물이 있으니 아는 게 당연하지.

"도둑맞은 게 분명합니까?"

"음? 무슨 뜻이지?"

"그러니까 그 문고본 사이에 『민들레 소녀』가 있던 게 확실합니까? 그 사장님이 착각한 게 아니라."

가장 먼저 머릿속에 떠오른 건 그 가능성이었다. 단순 착오라면 일은 원만하게 해결되기 때문이다.

하지만 다키노는 단칼에 부정했다.

"아니, 나도 그 책을 감정해서 사들인 기억이 나. SF 절판본은 잘 몰라서 비싸게 부르지는 않았지만. 책을 가져온 손님도 가격은 얼마든 상관없다고 했거든."

"판 사람이 마니아가 아니었습니까?"

분명히 '책을 좋아하게 생긴 30대 여성'이 판 책이라고 들었다. 마니아라면 가격에도 더 신경을 썼을 텐데.

"지금은 옛날처럼 책에 관심이 없다고 했어. 이혼하고 집을 나가기로 해서, 급히 안 쓰는 물건을 처분하는 중이라던걸. 전남편하고 얼굴만 보면 싸운다나. 어떻게 10년이나 같이 살았는지 모르겠다며 투덜거리더라고."

소녀 취향의 코발트문고와 어울리지 않는 살벌한 어른들의 사연이었다. 현실이란 원래 그런 건지도 모른다.

"뭐, 아무튼 문제는 누가 훔쳐갔냐는 건데……. 이노우에 사장님은 시노카와를 의심하더라고."

별로 덥지도 않은데 등줄기에 식은땀이 흘렀다.

"이, 이유가 뭡니까?"

"나도 그걸 모르겠어. 시노카와 지에코의 딸내미라면 그러고도 남는다, 제 어미처럼 겉과 속이 다른 계집애라고 그러는 거야. 남의 것에 손을 대는 애가 아니라고 아무리 말해도 들어먹질 않아."

수화기 너머에서 한숨 소리가 들렸다.

"이 일은 조합 이사님께 중재를 부탁할 생각이고, 이노우에 씨한테도 그렇게 말해뒀지만 혹시 모르니까 그쪽도 알고는 있으라고. 말하는 투로 봐선 조만간 비블리아로 찾아갈지도 몰라. 시노카와가 힘들 것 같으면 자네가 잘 얘기해보고. 그것도 힘들 것 같으면 나한테 연락해."

"……알겠습니다."

나는 시오리코 씨가 쓴 혐의에 대해 생각했다.

다키노의 말대로 나 역시 시오리코 씨가 책을 훔칠 리 없다고 확신한다. 그녀는 원하는 책을 갖기 위해서는 무슨 짓이든 서슴지 않았던 남자 때문에 다리를 다쳤다. 그런 짓을 경멸하는 마음은 누구보다 강하리라.

하지만 시오리코 씨가 『민들레 소녀』를 팔려고 내놓았다는 사실이 마음에 걸렸다. 여러 절판본 중에 홀로 사라진 그 책을 우연히 그녀가 가지고 있었고, 하필이면 이 타이밍에 내놓으라고 지시했다.

우연치고는 너무 앞뒤가 딱딱 들어맞지 않나?

"여보세요, 듣고 있나?"

다키노의 목소리에 나는 퍼뜩 고개를 들었다.

"죄송합니다. 뭐라고 하셨죠?"

"아니, 별건 아닌데, 시노카와가 있는 자리에서는 말하기가 좀 껄끄러워서. ……난, 자네가 비블리아에서 일해서 정말 잘됐다고 생각해."

그는 진심이 담긴 목소리로 말했다.

"……왜 그렇게 생각하시죠?"

"시노카와는 낯가림이 심한데도 책 이야기만 나오면 말이 쏟아지잖아. 일은 열심히 하는데 다른 고서점 사람들하고는 잘 지내지 못하거든. 아르바이트를 고용해도 의사소통이 잘 되지 않아서 오래가지 못했어."

그 이야기는 시노카와 씨에게 들은 적이 있다. 책 이야기를 너무 길게 해서 아르바이트를 구해도 금방 그만뒀다고.

"그런데 다리까지 다쳤잖아. 저러다 가게 문 닫을까봐 조합원들도 모두들 걱정이 컸어. ……아니, '모두'는 아니겠군. 아무튼 여름에 들어온 아르바이트 직원이 그만두지 않고 계속 일한다고 하고, 가게도 별일 없이 돌아간다는 얘길 듣고 마음을 놓았지."

'모두'는 아니라는 말은 히토리서방을 염두에 둔 것이리라.

불현듯 이노우에가 한 말이 떠올랐다.

"조합 분들이 다들 제 이름을 아세요?"

"응? 무슨 소리야?"

"어제 이노우에 사장님이 제 이름을 부르셔서요. 그분하고는 초면이었는데."

"그래? 어디서 들었을라나. 내가 들을 소문은 비블리아에 새로 들어온 아르바이트생이 웬일로 오래간다는 이야기뿐이었어. 다른 사람들도 자네 이름이나 얼굴은 몰랐을걸? 시노카와와 친분이 있는 나도 자네를 어제 처음 봤으니까."

"역시 그렇겠군요."

아리송함이 깊어졌다. 도대체 어디서 내 이름을 안 거지?

"어쨌든, 시노카와는 자네를 믿고 있어. 오랫동안 봐온 난 알아. 어쩌면 돌아가신 아버지를 제외하면 자네는 시노카와가 가장 마음을 터놓는 이성일지도 몰라. 농담이 아니라 진짜야."

"……다키노 씨는요?"

분위기에 휩쓸려 무심코 그런 말이 튀어나왔다.

그날 보기에는 남매 같은 분위기였지만, 이 사람도 시오리코 씨와 꽤 가까운 사이일 것이다. 예전에 사귀던 사이라고 해도 놀라지 않을 자신이 있다.

"아, 그런 소리 자주 들어."

쯧, 혀 차는 소리가 들렸다.

"그래서 시노카와하고 이야기를 하지 않으려고 해. 둘다 책벌레라 옛날에는 자주 책에 관해서 얘기를 나눴는데, 영 취향이 맞지 않아서 말이지. 그 녀석은 굳이 따지자면

절절한, 가슴이 뭉클해지는 이야기를 좋아하거든."

 듣고 보니 그렇다. 눈앞에 있는 『민들레 소녀』도 아마 '가슴이 뭉클해지는' 유의 이야기일 것이다.

 "나는 뭔가 찝찝한, 뒷맛이 좋지 않은 이야기를 좋아하거든. 호러나 서스펜스 같은 거. 시노카와도 다양하게 읽지만, 잔혹한 묘사를 읽을 때도 뭔가 의미를 찾으려는 경향이 있어. 꽤 오래 전 일이긴 한데, 어떤 소설 마지막 부분의 해석을 놓고 크게 싸운 뒤로는 소원해졌지."

 "마지막 부분이요?"

 "아는지 모르겠네. 가까운 미래를 배경으로 불량배인 주인공이 폭력을 휘두르는 내용의 책인데."

 짐작이 갔다. 읽지는 않았지만 줄거리는 아는 작품이다.

 "혹시 『시계태엽 오렌지』인가요?"

 "오, 용케 알았네!"

 다키노의 목소리가 밝아졌다.

 "그 마지막 부분이 과연 필요했냐를 두고 엄청나게 설전을 벌였어. 난 필요 없다는 파였고, 시노카와는 필요하다는 의견이었지. 혹시 자네한테 그 얘기를 했어?"

 "아뇨, 그건 아닌데……. 왠지 짐작이 가서요."

 세 달 전, 앤서니 버지스의 『시계태엽 오렌지』를 둘러싸고 이 가게에서 작은 소동이 일어났다. 그 일을 몇 마디 말로는 전부 설명할 수 없었다.

그 소설에는 폭력에 젖어 사는 주인공이 마음을 고쳐먹고 새사람이 되는 내용의 마지막 장이 있다. 일본에서는 오랫동안 마지막 장이 삭제된 불완전판이 팔렸다고 한다.

"짐작만 가지고 그렇게 알아맞혔다고? 자네 굉장하군! 내일부터 시노카와하고 사귀어도 돼. 내가 허락하지."

"네?!"

나는 무심코 수화기에 대고 소리를 질렀다. 내가 생각해도 너무 과한 반응이었다.

"……뭐, 본인의 허락이 필요하겠지만."

그야 당연하잖아!

나에게 사귈 마음이 있더라도, 시오리코 씨는 전혀 그럴 생각이 없다. 전에 평생 결혼할 생각이 없다고까지 딱 잘라 말했으니까. 자기 어머니처럼 될지도 모른다는 이유에서였다.

나는 안채 쪽을 돌아보며 시오리코 씨가 없음을 확인했다.

"시오리코 씨 부모님은 어떤 분들이셨죠?"

에둘러 시노카와 자매의 어머니, 시노카와 지에코에 대해 알아볼 작정이었다. 가족끼리 친하게 지냈던 다키노라면 뭔가 알지도 모른다.

수화기를 통해 망설이는 기색이 느껴졌다.

"……아주머니가 집을 나간 건 알지?"

"네."

"그래……, 두 분 사이는 나쁘지 않았어. 내가 보기에는."

다키노는 기억을 곱씹듯 천천히 말을 이었다.

"아저씨는 과묵한 사람이었고, 아주머니는 활달하고 이야기하기 좋아하는 사람이었지. 책을 사랑하는 분들이라, 손님이 없을 때는 책 이야기만 했어."

"두 분이서 가게를 꾸려나간 겁니까?"

"그랬어. 내가 철들었을 때 시노카와 할아버지는 이미 은퇴하신 뒤였거든. 아주머니가 비블리아에서 일하고 나서부터 꽤 큰돈을 벌었다고 들었어. 이노우에 씨처럼 영 맞지 않는 사람도 제법 있었던 모양이지만."

다키노는 입을 다물었다. 더 이야기해야 할지 망설이는 모양이었다.

그때 수화기 너머로 어렴풋이 다른 목소리가 들렸다. 다키노가 "아, 잠시만요"하고 대답하는 소리가 이어졌다.

"손님이야. 다음에 시간 나면 얘기해줄게. 어쨌든 이노우에 씨 일은 조심해. 끊을게."

서둘러 말을 마친 다키노는 전화를 끊었다.

우리 가게에는 여전히 손님이 없었다. 가게 안은 쥐 죽은 듯 조용했다.

'……뭔가 이상해.'

어제 시장에 다녀온 뒤로 이상한 일들이 너무 많이 일어났다.

비블리아에서 출품되었다는 양장본들, 히토리서방이 낙찰 받은 문고본 더미에서 사라졌다는 『민들레 소녀』, 그리고 시오리코 씨가 팔 물건이라며 내놓은 『민들레 소녀』. 이 모든 것이 하나로 연결된 듯한 느낌이 들었다.

하지만 내 힘으로 그 연결고리를 찾아낼 수 있을 것 같지 않았다. 일단은 찾아낼 수 있는 사람, 사정을 아는 사람에게 물어보는 게 좋겠다.

"저 왔어요."

안채에서 다시 시오리코 씨가 모습을 드러냈다. 아까처럼 종이봉투를 들고 있었다.

"누구한테 온 전화였어요?"

그녀가 물었다. 나는 아직 수화기를 든 채였다.

수화기를 내려두고 시오리코 씨가 가져온 종이봉투를 받았다.

"다키노 씨였어요."

"렌조 씨요? 웬일로……, 무슨 일 있으시대요?"

"그게, 실은 어제 시장에서 도난 사건이 있었답니다."

"네? 그게 정말이에요?"

안경 너머로 보이는 두 눈이 휘둥그레졌다. 정말 놀란 눈치였다.

나는 다키노에게 들은 이야기, 『민들레 소녀』에 관한 부분을 간략하게 설명했다. 히토리서방에서 낙찰 받은 책 중에 『민들레 소녀』가 있었다고 말하자, 그녀는 말없이 계산대 위에 놓인 푸른 표지를 내려다봤다. 표정만 봐서는 무슨 생각을 하는지 알 수 없었다.

"저기, 이 『민들레 소녀』 말인데요……."

단순한 우연일까, 아니면 뭔가 사정이 있는 것일까.

신중하게 말을 고르며 물으려던 순간, 유리문이 열리는 소리가 났다. 살갗을 에는 찬바람이 가게 안쪽까지 불어왔다.

나타난 사람은 긴 코트 앞섶을 단단히 여민 백발 남자였다. 오늘은 안경을 쓰지 않았지만, 굵은 철제 지팡이를 꽉 쥐고 있었다.

히토리서방의 사장, 이노우에였다.

"아……."

시오리코 씨는 겁에 질린 목소리를 흘렸다. 나도 당황해서 말이 나오지 않았다. 설마 이렇게 빨리 찾아올 줄이야.

이노우에는 지팡이를 든 채 성큼성큼 우리에게 다가왔다.

아차 했을 때는 이미 늦었다.

이노우에의 얼굴이 검붉게 물들었다. 메모지가 붙은 『민들레 소녀』를 본 것이다.

"역시 네 짓이었군!"

그는 시오리코 씨에게 버럭 호통을 쳤다.

시오리코 씨는 내 뒤에 숨어서 팔을 꼭 붙들었다. 놀라고 겁이 나서 입이 떨어지지 않는 모양이었다.

"죄송합니다, 무슨 말씀이십니까?"

나는 시오리코 씨를 감싸며 가급적 냉정한 목소리로 말했다.

만에 하나라도 상대가 흥분해 달려들면 제압할 작정이었다. 이노우에는 그리 위협적인 상대가 아니었지만, 그가 손에 든 지팡이는 신경 쓰였다.

"무슨 말은, 이 『민들레 소녀』 말이지! 저 계집애가 어제 고서회관에서 훔쳐갔잖아! 내가 낙찰 받은 책을!"

"네? 아, 아니에요. 이, 이건 제……."

"그럴 리가 없잖습니까."

시오리코 씨 대신 내가 부정했다. 흘긋 보자 그녀 역시 와들와들 떨며 고개를 끄덕이고 있었다.

"이건 시오리코 씨 책입니다."

"집어치워. 이게 단순한 우연이라고?"

"그런 것 같은데요."

사실은 아닐지도 모른다는 의혹이 머리를 스쳤지만, 이 자리에서는 우연이라고 잡아뗄 수밖에 없었다. 내 동요를 알아차리지 못하도록 서둘러 한마디 덧붙였다.

"그렇게 보는 눈이 많은 곳에서 어떻게 책을 훔칩니까?"

다키노에게 들은 이야기를 그대로 옮긴 것이다.

이노우에는 눈을 가늘게 떴다. 지나치게 침착한 내 모습을 보고 뭔가 이상하다는 걸 깨달은 눈치였다.

"다키노가 미리 연락했군……. 쓸데없이 나서기는."

이노우에는 짜증스러운 목소리였다.

"책을 훔칠 기회가 없긴 왜 없어! 내가 개찰하기 전 회장에 들어섰을 때, 이 계집애가 자네 커다란 덩치 뒤에 숨어 있었지. 그때 거기 또 누가 있었나?"

완전히 허를 찔렸다.

분명 이노우에와 신경전을 벌였을 때, 나는 시오리코 씨를 감싸고 서 있었다. 『민들레 소녀』를 포함한 문고본들은 남들 눈에 잘 띄지 않는 회장 구석에 있었고.

"그건 증거라고 할 수……."

"알아보면 다 밝혀질 일이야. 어설프게 감싸다간 자네도 공범으로 몰려. 아니면 이 계집애가 겉과 속이 같은 정직한 인간이라고 생각하는 건가?"

시오리코 씨가 어떤 사람인지는 내가 더 잘 안다.

예전에 시오리코 씨는 다나카 도시오라는 고서 마니아에게서 다자이 오사무의 『만년』을 지키기 위해 자기 자신을 위험한 상황에 내몰았다. 주변 사람 모두와 경찰까지 속이고 말이다. 그럴 수밖에 없는 상황이 닥치면 시오리코 씨는 수단 방법 가리지 않고 마음먹은 일을 해내고 말리라. 그럴 배짱이 있는 사람이다.

"이 계집애는 시노카와 지에코의 딸이야. 생긴 것까지 제 어미를 쏙 빼닮았지."

이노우에는 흥분한 목소리로 말했다. 자세히 보니 손가락과 턱을 가늘게 떨고 있었다.

나는 그제야 깨달았다.

이 사람은 단순히 시오리코 씨의 어머니에게 적개심을 느끼는 게 아니다. 똑같이 생긴 딸을 통해 지에코의 존재를 두려워하는 것이다.

시노카와 지에코는 고서 매매를 위해 협박까지 서슴지 않는 사람이었다고 들었다. 이노우에도 어떤 식으로든 피해를 입었던 걸까?

"시오리코 씨는 도둑이 아닙니다."

나는 딱 잘라 말했다. 그것만큼은 확신할 수 있었다.

"무슨 근거로 이 계집애를 믿는다는 거지? 생긴 것만 보고 홀딱 빠진 모양이지?"

아까부터 팔을 통해 사납게 뛰는 심장 소리가 전해졌다. 시오리코 씨가 매달리듯 내 팔을 잡고 있었다. 부드럽고 풍만한 무언가가 팔꿈치에 닿는 느낌에 대화에 집중하기가 어려웠다.

"그런 게……, 아닙니다."

아마도.

"그럼 뭔데? 알아듣게 설명해봐."

말문이 막혔다.

나 역시 그녀에게 자세한 사정을 묻고 있던 참이다. 근거를 대라고 해도 할 말이 없다.

"왜 대답을 못하나?"

이노우에가 닦달했다.

어느새 팔을 통해 전해지던 시오리코 씨의 떨림이 느껴지지 않았다. 숨도 못 쉬고 내 대답을 기다리는 모양이었다. 무슨 말이라도 하지 않으면 이 상황을 모면할 수 없을 것 같았다.

"어쨌든 시오리코 씨는 훔치지 않았습니다."

"그게 무슨 헛소리지? 나는 분명 근거를 대라고……."

"시오리코 씨가 범인이라면 한 권으로 끝났을 리가 없습니다. 탐나는 책은 죄다 가져갔을 거라고요!"

음, 뭔가 이상한데.

말하고 나서야 눈치챘다. 지금 이걸 변호라고 한 건가? 오히려 완전히 비난이잖아!

그런데 이노우에는 맥이 빠진 듯 한숨을 내쉬었다.

"그건 그렇지."

나름대로 이해가 된 모양이다. 뜻밖의 반응이었다.

"하지만 자네 말이 옳다면 내 책을 훔쳐간 범인이 따로 있다는 건가?"

"그, 그렇죠."

"그럼 올해가 가기 전에 범인을 찾아내."

"네?"

기가 막혀서 말이 안 나왔다. 무슨 터무니없는 소리를 하는 거지?

"범인을 찾아내지 못하면 경찰에 신고하겠네. 그때까지 이 책은 내가 맡아두지. 증거품이니까."

이노우에는 계산대 위의 『민들레 소녀』를 낚아챘다. 그러고는 말릴 틈도 없이 아까부터 열린 채인 문으로 휙 나가버렸다.

싸늘한 실내에 우리 둘만 남겨졌다.

……일이 성가시게 됐다.

시장에서 도난 사건이 일어났고, 도난당한 책과 같은 책이 이 가게에서 나왔다는 것은 부정할 수 없는 사실이다. 만약 이노우에가 끝까지 시오리코 씨 짓이라고 우기면 경찰도 귀를 기울이지 않을까?

도난 사건에 휘말리면 나쁜 소문이 돌 것이고, 비블리아 고서당의 평판이 땅에 떨어지리라. 다나카 도시오 사건이 있은 지 채 반년도 지나지 않았는데.

그렇다고 이노우에가 말한 대로 범인을 금방 찾아낼 수 있을 리가 없다. 아무리 생각해도 불가능하다.

"다이스케 씨."

어느새 시오리코 씨는 내 팔을 놓고 내 얼굴을 빤히 올려다보고 있었다. 금방이라도 울음을 터뜨릴 것처럼 눈이 촉촉했다.

이노우에가 그렇게 무서웠던 건가. 아니, 내 말에 상처받았는지도 모른다. '이 사람이 범인이라면 모조리 쓸어갔을 거' 라니, 나는 무슨 정신으로 그런 헛소리를 한 걸까. 빨리 사과해야겠다.

"저기, 아까 그 말은요……."

"시간 괜찮으시면 오늘밤 술이나 한잔하실래요?"

"네?"

나는 내 귀를 의심했다.

6

 가게 문을 닫은 우리는 요코스가 선 전철을 타고 오후나로 이동했다.
 세련된 가게를 찾아봐야겠다고 마음먹었지만, 시오리코 씨가 '역 근처에 있고 다이스케 씨가 자주 가는 집'으로 가자고 했기에 오후나 역 계단을 내려가면 바로 나오는 프랜차이즈 주점으로 갔다.
 자동문이 열린 순간 종업원들의 활기찬 목소리가 메아리처럼 울려 퍼졌다.
 다행히 아직 손님이 많지 않아서 조용히 마실 수 있을 것 같았다.
 안쪽 4인석에 마주앉자 시오리코 씨는 나에게 메뉴판을 건네더니, 기본 안주를 가져온 종업원에게 기어들어가는 소리로 물었다.
 "핫카이산八海山 있어요?"
 설마 처음부터 일본주를 시킬 줄이야.
 "일본주도 드세요?"
 "다른 건 잘 못 마시거든요. 술이 센 편은 아니에요."
 일본주를 잘 마시면서 술이 센 편이 아니라고? 자각을

못할 뿐, 실은 엄청난 주당일지도 모른다.

나는 맥주를 주문했다.

작게 건배를 마치고도 단둘에서 술을 마신다는 실감이 나지 않았다. 아까까지만 해도 이런 상황이 될 줄은 꿈에도 상상하지 못했기 때문이다.

시오리코 씨는 줄곧 고개를 숙이고 있었다. 여느 때보다도 말수가 적다. 무슨 생각으로 같이 술을 마시자고 했을까?

그녀의 의중은 모르겠지만, 나는 술기운이 돌기 전에 하고 싶은 말이 있었다. 잔을 내려놓고 자세를 바로 했다. 아까 했던 말실수를 아직 정식으로 사과하지 못했으니까.

"아까 가게에서……."

"아까는 감사했어요."

시오리코 씨가 문득 고개를 들어 선수를 쳤다.

"네? 뭐가요?"

"아까 히토리 사장님이 오셨을 때, 제 대신 전부 말씀해주셔서요. 정말 고마웠어요. 오늘은 제가 살게요."

어안이 벙벙할 따름이었다. 그러나 시오리코 씨는 진지했다.

그녀는 술잔을 들어 한 모금 마셨다. 생각보다 훨씬 맛있게 마시는 모습에 좀 놀랐다.

"전 시오리코 씨에게 미안하다는 말씀을 못 드렸는데요."
"무슨 말씀이세요?"
그녀는 고개를 갸웃거렸다.
"아까, '시오리코 씨가 범인이라면 탐나는 책은 죄다 쓸어갔을 거다'라는 말이요."
"아, 그거요."
시오리코 씨는 그제야 생각난 듯 손뼉을 쳤다. 눈 주변이 살짝 붉어졌다.
"신경 쓰지 마세요. 사실이니까요."
본인 입으로 인정하다니.
할 말이 없어서 그저 술잔을 기울였다.
우리 앞뒤 테이블은 비어있었다. 이따금 지나가는 종업원을 제외하면 가게 안쪽 자리에는 우리밖에 없다. 그녀는 가게에서처럼 모기만 한 소리로 소곤소곤 이야기했지만, 분위기 자체는 나쁘지 않았다.
술이 들어가자 시오리코 씨도 조금씩 긴장이 풀린 것 같았다. 수다스러워지지는 않았지만, 대신 몸짓이나 표정 변화가 뚜렷해졌다. 귀여운 술버릇이다.
"이제 곧 새해가 오네요."
주문한 요리를 다 먹었을 때쯤, 그녀는 벽을 올려다보며 조용히 말했다.

그녀의 시선이 닿는 곳에 신년회 안내 포스터가 붙어있었다. 주류 무제한 리필 3,500엔. 왠지는 몰라도 토끼가 흥겨운 술자리를 벌이는 일러스트가 그려져있었다.

"왜 토끼일까요?"

"내년이 토끼해라 그런 게 아닐까요."

"아, 그렇군요."

그러고 보니 2011년은 '신묘년'이라고 들었다. 그게 토끼해라는 뜻이었나? 알아듣기 힘들다.

"…… '그제는 토끼를 봤어요. 어제는 사슴, 오늘은 당신을.'"

시오리코 씨는 술잔을 든 채 노래하듯 속삭였다. 자신에 찬 표정으로 생긋 웃는다. 이건 '나 잘했죠?'라는 표정인 것 같은데.

참, 『민들레 소녀』에 관해 궁금한 게 있었지.

"『민들레 소녀』 말인데요."

"주인공과 소녀가 헤어지고 나서 어떻게 됐냐고요?"

그거 말고도 중요한 이야기가 있었지만, 말이 나오니 뒷이야기가 궁금해졌다. 나도 술기운이 돌기 시작한 모양이다.

"네."

"휴가를 마친 주인공은 일상으로 돌아가요. 하지만 소녀를 잊을 수가 없었죠. 얼마 후, 그는 언덕에서 만났을 때와는 다른 형태로 소녀가 자신과 관련 있는 사람이라는 사실을 알게 돼요."

취한 탓인지 시오리코 씨의 목소리는 평소보다 나른했다. 이런 모습도 나쁘지 않다.

"소녀에게는 비밀이 있었어요. 주인공에게 말할 수 없는, 말하면 두 사람의 관계가 파국을 맞이할 수도 있는 비밀이. 주인공은 자문해요. '왜 아무 말도 하지 않았지? 왜 잠자코 있었지?' 라고. 이야기는 모든 진상을 안 주인공이 다시 소녀를 만나러 가는 데서 끝나요."

"……음? 뭔가 중요한 부분을 건너뛴 것 같은데요."

시오리코 씨는 고개를 끄덕이더니 옆에 놓아둔 가방에서 파라핀지로 싼 『민들레 소녀』를 꺼내 나에게 건넸다.

"그 부분만큼은 직접 읽어보셨으면 해요. 짧은 이야기니까 괜찮을 거예요. 혹시 어려울 것 같으면 다음에 이야기해 드릴게요."

"처음부터 저에게 빌려주시려던 거였어요?"

그녀는 다시 고개를 끄덕였다. 내가 꼭 읽기를 바라는 태도였다.

나는 말없이 문고본을 받아 잃어버리지 않도록 재킷 안주머니에 넣었다. 그녀의 아버지가 남긴 유품이니 함부로 다뤄선 안 된다.

"우리 아버지도 그러셨을까요."

"무슨 말입니까?"

"왜 가르쳐주지 않았을까……, 왜 털어놓지 않았을까. 어머니에게 그렇게 묻고 싶었던 게 아닐까요."

나는 자세를 바로 했다. 아무리 술기운이 돌았다 해도, 먼저 어머니 이야기를 꺼내다니.

"어머님께도 비밀이 있었나요?"

"우리에게 뭔가 감추는 게 있는 건 분명했어요. 어머니가 갑자기 집을 나가고 나서 아버지는 그 책을 수도 없이 다시 읽었어요. 무슨 실마리를 찾으려는 것처럼……."

"두 분 부부에 관한 말씀은 전혀 안 하셨고요?"

"원래 아버지는 감정 표현을 거의 하지 않는 분이셨어요. 특히 어머니가 집을 나가고 나서부터는 더 심해졌죠. 어쩌면 제가 그랬던 것보다 훨씬 화가 났던 건지도 몰라요."

정말 그럴까 싶은 생각이 들었다.

아무리 가족이라 해도 속내까지 다 알 수 있는 건 아니다. 특히 본인이 입을 다물어버린 경우에는. 나도 비슷한 일을 겪은 적 있다.

시오리코 씨는 생각을 떨쳐버리듯 한 잔 가득한 술을 단숨에 들이켰다.

"그러고 보니, 그 범인 찾는 일은 어떡하죠?"

나는 화제를 바꿨다. 영업시간 중에 가게에서 이야기하려고 했지만, 시오리코 씨가 안채에서 계속 통화를 하는 바람에 말할 기회를 놓쳤다.

"역시 다키노 씨에게 상의하는 게 좋지 않을까요?"

대답은 없었다.

"시오리코 씨?"

"아, 네."

그녀는 고개를 저으며 애매하게 대답했다. 취한 상태에서 단번에 술을 들이켠 바람에 순간적으로 현기증이 난 모양이었다.

"물 가져올까요?"

"아뇨, 괜찮아요……."

시오리코 씨는 딸꾹질을 하며 말했다. 전혀 괜찮지 않아 보인다.

"『민들레 소녀』 건은 걱정 마세요."

그쪽이었나. 어느 쪽이건 괜찮은 상태와는 거리가 멀어 보였지만.

시오리코 씨는 혀가 꼬였는지 발음도 이상했다.

"범인이 누군지 이미 알거든요……."

"네?"

단번에 취기가 날아갔다.

"그게 정말입니까?"

"정말이에요. 좀 애매한 부분도 있지만……, 딸꾹."

역시 물을 가져와야겠다.

일어서려는데, 시오리코 씨가 손으로 테이블을 짚고 몸을 쑥 내밀었다. 코 닿을 거리에서 나를 올려다본다.

안주 그릇에 긴 머리카락이 빠질 것 같아 나는 그릇을 슬쩍 옆으로 치웠다.

"범인은 내일 가게로 찾아올 거예요. 준비는 다 끝났어요. 다이스케 씨도 꼭 나오셔야 해요. 부탁드려요……."

"알겠습니다. 어차피 내일은 근무일이니까요."

시오리코 씨는 배시시 웃었다.

정말 범인을 알아낸 게 맞기는 한지, 솔솔 걱정이 밀려왔다.

7

다음날 오후, 다키노가 비블리아 고서당을 찾아왔다.

"여긴 여전히 춥군."

그는 더플코트 주머니에 손을 넣고 내가 있는 계산대로 다가오더니 인사 대신 말했다.

"틈새바람 때문에요. 어쩐 일이시죠?"

"어제 시노카와가 전화를 했거든. 『민들레 소녀』에 관해 긴히 할 얘기가 있으니 만나자고. 지금 어디 있나?"

"안에서 잠깐 눈 붙이고 있는데요."

하룻밤이 지나자 그녀는 평소 모습으로 돌아왔다. 숙취도 없어 보였다.

시노카와 씨는 범인이 올 것이라는 예상을 정정하지 않았다. 정말로 곧 찾아올 예정이 있는 것이다.

'어?'

나는 다키노의 얼굴을 가만히 들여다보았다. 혹시 이 사람이…….

아니, 말도 안 돼. 너무 앞질러 나가지 말자.

"불러오겠습니다."

그렇게 말하고 뒤를 돌아보자, 마침 시오리코 씨가 안채 문을 열고 나오고 있었다.

"아, 렌조 씨. 여기까지 발걸음 하시게 해서 죄송해요."

그녀는 고개를 숙였다.

"우린 오늘 쉬는 날이라 상관없어. 그보다, 긴히 할 얘기란 게 뭐야?"

"『민들레 소녀』 말인데요. 어떻게 된 일인지 대충 알았거든요. 렌조 씨가 히토리 사장님에게 나중에 설명해주셨으면 해서요……."

그럼 그렇지.

이 자리에 피해자인 이노우에가 있어야 일이 신속하게 해결된다. 하지만 시오리코 씨는 그 사람과 불편한 관계이기에, 대신 말을 전해달라고 부탁하기 위해 다키노를 부른 것이다.

"어떻게 된 일인지 알아냈다고?"

"네."

"그래, 알았어. 이노우에 사장님한테는 내가 말할게."

다키노가 고개를 끄덕이자 시오리코 씨는 살짝 헛기침을 했다.

이야기의 흐름 상 다키노는 범인이 아닌 것 같다. 그럼 대체 누가?

"처음에 도난 사건이 일어났다는 얘기를 듣고 이상하다고 생각했어요. 『민들레 소녀』만 도난당했다는 게 석연치 않았죠."

"비싸게 팔리는 책이라 그런 거 아닌가요?"

내가 물었다.

"거기에는 그보다 더 비싸게 팔리는 책도 있었어요. 그런 책은 거들떠보지도 않고, 굳이 『민들레 소녀』만 가져갔지요. 원래 그 책을 가지고 싶었던 사람의 짓이 아닐까 하는 생각이 들더군요. 그렇게 생각하니, 누가 범인인지도 짐작이 갔고요."

"조합원 중에 범인이 있다는 소리야?"

다키노의 질문에 시오리코 씨는 고개를 저었다.

"꼭 조합원이라는 법은 없어요."

"그럼 외부인이라는 뜻이야?"

"이유는 차차 설명하겠지만, 저는 그렇게 생각해요. 처음부터 『민들레 소녀』를 훔치려고 들어왔다가 다시 빠져나간 거예요."

"잠깐만. 시장은 외부인 출입금지고, 조합원들도 이름표를 달아야 해. 수상한 자가 있었다면 누군가는 눈치를 챘을 거야. 다들 아는 사이라 어느 가게 사람인지 아니까."

"바로 그게 맹점으로 작용한 거예요. 사람들이 이름도 얼굴도 모르는 사람이 한 명 있었죠. 범인은 그 사람인 척한 거예요."

"그게 누굽니까?"

시오리코 씨는 가만히 내 얼굴을 바라보았다. 그렇게 10초쯤 눈을 맞추고 나서야 답이 떠올랐다.

"……혹시 저요?"

"네. 우리 가게 이름표를 달고 들어가면, 혹시나 누가 수상하게 여겨서 누구냐고 물어봐도 비블리아 고서당에서 일한다고 대답하면 의심을 사지 않으니까요. 실제로 아무도 수상하게 여기지 않았고요."

"그래도 기억하는 사람이 있을 법도 한데."

다키노는 아직 납득하지 못한 눈치였다.

"네, 있었어요. 다이스케 씨, 고서회관 입구에서 히토리 사장님하고 만났을 때를 기억하세요?"

만났다기보다는 일방적으로 무시당했지. 아니, 그러고 보니 한마디 했었다.

"제가 달려던 이름표에 핀이 없었는데, 망가졌다고 했었지요."

"네. 그때 이상하다고 생각했어요. 우리 가게 이름표가 망가진 걸 어떻게 아셨을까요? 주인인 저도 모르는 일을."

지금 떠올려보니 각 가게 이름표는 앞면을 보인 채 선반에 놓여있었다. 다른 가게 이름표를 일부러 뒤집어 확인해봤을 리도 만무하다.

"히토리 사장님은 담배를 피우러 자주 흡연 구역에 가시죠. 그때 회관에 들어간 누군가가 우리 가게 이름표를 달려고 애를 먹는 모습을 보신 게 아닐까요?"

"원래는 빈손으로 들어가려는 사람이 있으면 불러 세웠

어야 하는데."

그렇게 말하며 다키노는 팔짱을 꼈다.

"이름표를 달기 전까지는 조합원인지 아닌지 알 수 없으니까 말이지."

"빈손이 아니었다면요?"

"뭐?"

"우리 가게에서 출품했다는 양장본들 기억하시죠? 그 사람이 가져온 책일 거예요."

시오리코 씨는 똑 부러지게 말했다.

"조합원이 시장에 출품할 책을 운반하는 척하면 남들 눈에 띄지 않고 2층 회장에 들어갈 수 있어요.

일이 일어난 순서대로 나열해보죠.

토요일에 렌조 씨가 출품할 책을 회장에 들여왔고, 일요일에 히토리 사장님이 입찰했어요. 그 직후, 범인이 양장본을 가지고 회장에 들어왔고요. 비블리아 고서당 명의로 출품 등록을 마친 후 『민들레 소녀』를 훔쳐간 거죠. 개장 당일에 비하면 보는 눈도 별로 없었을 테니, 충분히 기회가 있었을 거예요."

그렇게 된 일이었군!

이노우에는 자기 가게에서 책을 출품한 뒤였고, 다른 책에도 이미 입찰했다. 회장을 둘러볼 시간이 있었을 것이다.

"잠깐만. 그럼 범인은 출품 등록 용지 작성법까지 알고 있었다는 거야? 대체 정체가 뭔데?"

다키노의 말에 시오리코 씨는 나를 향해 말했다.

"다이스케 씨, 우리가 보관하고 있는 양장본을 꺼내주실래요? 가장 안쪽에 있는 묶음만요."

"아, 네."

나는 계산대 아래에서 책 묶음을 꺼내 두 사람에게 보이도록 책등을 위로 해서 바닥에 내려놓았다.

"이게 범인이 출품한 책이라면, 자기 소장품일 가능성이 커요. 자세히 보면 고서에 관한 책이 많아요. 아키야마 마사미의 『고서의 기술』, 이와오 준이치로의 『희귀 절판본 발굴 노트』, 시다 사부로의 『고서점 입문』……."

희귀 절판본을 훔친 녀석이니 이런 책을 가지고 있어도 이상할 건 없다. 하지만 시오리코 씨의 요점은 그게 아닌 모양이다.

"여기를 잘 보세요."

그녀는 『고서점 입문』의 책등을 가리켰다. 상당히 빛이 바랬지만, 자세히 들여다보니 부제가 있었다.

'팔 때, 살 때, 처음 고서점을 시작하려는 사람의 필독서'.

"업계 사람이라는 얘긴가요?"

"그럴 가능성도 있을 거예요. 입문서로 유명한 책들이니까요. 렌조 씨도 아시죠?"

"옛날에 읽은 기억이 나는군. 지금 읽으면 좀 낡은 느낌은 들겠지만, 기본 정보를 잘 정리해놓은 책이야."

"이 지역의 고서 시장 시스템을 잘 안다면, 한때 가나가와 조합에 가입된 고서점에서 일한 적이 있는 게 아닐까요. 책 출간년도와 상태를 고려하면 10년쯤 전에요."

"너, 꼭 너희 어머니 같네."

다키노는 감탄한 듯 중얼거렸다. 그 말을 들은 시오리코 씨의 표정이 어두워졌다. 책을 통해 그 소유주의 특징을 알아맞히는 건 시노카와 지에코의 특기였다.

"그 정도까지는……."

다키노도 괜한 소리를 했다고 깨달은 것 같았다. 어색한 침묵을 깨며 그가 다시 말문을 열었다.

"대충 앞뒤는 맞지만, 네 이야기는 어디까지나 그럴 수도 있다는 가능성에 불과해. 범인이 외부인일지도 모른다는 가설만 제시했을 뿐, 어디 사는 누군지는 밝혀내지 못했잖아."

나도 동감이었다. 현시점에서 시오리코 씨는 추론을 거듭해 용의자의 폭을 넓히고 있을 뿐이다.

"지금 당장은요. 하지만 그날 고서회관에 들어간 범인이 확실히 알고 있었을 사실이 있어요."

시오리코 씨는 척 손가락을 세웠다.

"첫째로 비블리아 고서당 사람이 고서회관에 오지 않았다는 점. 고서를 가져와 출품 등록을 하고, 자기가 찾는 문고를 훔치기까지는 상당한 시간이 걸리죠. 그 사이 진짜 종업원이 나타나면 모두 수포로 돌아가니까요.

둘째는 시장에 참가한 경험이 없는 직원이 우리 가게에 있다는 사실. 이 두 가지 조건을 만족시키면서 『민들레 소녀』에 집착하는 사람은, 제가 짐작하기로 한 명 있어요."

나는 삼깐 생각했다. 전혀 짚이는 구석이 없다.

"그런 사람이 있습니까?"

결국 물어볼 수밖에 없었다.

"시장에 아무것도 출품하지 않겠다고 정한 건 일요일 오전이었죠. 그걸 아는 사람은 우리 말곤 없는데요."

"아뇨, 한 명 더 있어요."

"하지만 그때 가게에는 우리 둘밖에……."

나는 하던 말을 멈췄다. 정말 그랬던가?

한참 기억을 더듬는 중.

갑자기 누가 가게 문을 열고 들어왔다.

일전에 문고본 두 권을 산, 다운재킷 차림의 남자 손님이었다. 매서운 추위 때문인지 얼굴에 핏기가 없었다.

"어서 오세요."

반사적으로 인사를 한 순간, 깨달음이 번뜩 머릿속을 스쳤다.

그래, 그때 이 사람도 가게 안에 있었어!

"오셨군요."

시오리코 씨는 그를 향해 조용히 말했다.

"당신이 고서회관에서 『민들레 소녀』를 훔쳤죠?"

남자는 재킷 주머니에서 종이봉투를 꺼내 계산대에 올려놓았다. 봉투 안에는 파라핀지로 싼 『민들레 소녀』가 있었다.

"정말 죄송합니다."

남자는 큰 덩치에 걸맞지 않는 가느다란 목소리로 사과하며 허리를 90도로 굽혔다. 나이는 달라도 체격은 나와 비슷했다.

"네가 불렀어?"

다키노가 시오리코 씨에게 물었다.

"네. 어제 통화했을 때 절판본을 판 손님의 연락처를 가르쳐달라고 했었죠? 그 번호로 전화해서 자동응답기에 메시지를 남겼어요. 『민들레 소녀』를 가지고 비블리아 고서당으로 와달라고요."

"어? 나한테 책을 판 손님은 여자였는데."

"이분은 그 손님의 전남편 분이에요. 그렇죠?"

그 여자 손님은 남편과 이혼해 집을 나가게 되어서 책을 처분한다고 했다. 그 말은 즉, 남편 쪽은 살던 집에서 계속 산다는 뜻이다.

"제가 결혼했다는 건 어떻게 알았습니까?"

남자가 고개를 들고 물었다.

"전부터 이 가게에 다니긴 했지만, 사장님과 이야기를 나눈 적은 없었는데요."

"얼마 전까지는 몰랐어요. 손님이 고서회관에 가져온 책을 보고 짐작한 거예요."

시오리코씨는 허리를 굽혀 바닥에 놓인 책 묶음 가장자리를 가리켰다. 『고서의 기술』 옆에 『결혼 · 예식 절차』란 제목의 책이 있었다. 미혼인 사람은 사지 않을 책이다.

"어느 고서점에서 일하셨어요?"

그는 놀란 듯 어깨를 움찔했다.

이제 감추려 해도 소용없다고 생각하는 듯하다. 남자는 참회하듯 눈을 내리깔았다.

"고등학교를 졸업하고 오후나의 고서점에 취직했습니다. 주로 만화책과 문고본을 취급하던 곳이었는데…… 절판된 음반과 비디오도 좀 있었죠."

"가본 적 있어요."

"아, 어딘지 알겠어. 가시오가와 강변의 맨션 1층이지? 3년 전에 폐업한."

시오리코 씨와 다키노가 번갈아 말했다. 같은 동네인데, 나만 몰랐다.

"아내와는 그 가게에서 처음 만났습니다. 아내는 아르바이트였는데, 저처럼 책을 좋아했죠. 우리 둘 다 미스터리와 SF를 수집했어요. 서로 책을 교환하다 보니 어느새 연인 사이가 되었죠. 처음 몇 년은 결혼 생활도 순탄했습니다."

남자는 먼눈으로 말했다. 같은 취미 덕에 아내를 만난 것이다.

"사이가 틀어지기 시작한 건, 가게가 없어지고 각자 다른 자격증을 따서 새 일자리를 구하고 나서부터였습니다. 저는 여전히 고서를 수집했지만, 아내는 관심을 잃었죠. 제 책이 늘어가면서 조금씩 다투는 일이 많아졌습니다. 꼭 책 때문에 사이가 나빠진 건 아닐지도 모릅니다. 하지만 만약 그때 가게가 문을 닫지 않았더라면……. 지금도 그런 생각이 듭니다."

그는 한숨을 쉬고 나서 시오리코 씨를 향해 말했다.

"어떻게 제가 훔친 줄 아셨습니까?"

"일전 가게에 오셨을 대부터 서점이나 도서관에 근무한

적 있을 거라고 짐작했어요."

"왜 그렇게 생각하셨죠?"

"손님은 '앞으로 **서가에 올릴 예정이 있는** 책도 없고요?' 라고 물으셨죠. 그런 표현은 책에 관련된 일을 하지 않는 사람은 잘 모르니까요."

"아……."

남자는 나지막하게 신음했다.

그러고 보니 나도 비블리아에서 일하기 전까지는 저런 표현을 몰랐다. 책을 진열한 적이 없었으니 당연하지만.

"손님이 『민들레 소녀』에 애착을 가지고 있다는 사실도 대충 짐작하고 있었어요. 코발트 문고의 『민들레 소녀』를 내놓으면 사갈지도 모른다고 생각했죠."

"그때 벌써 거기까지 알고 계셨다니……. 그랬군요."

그는 시오리코 씨의 말을 듣고 납득하는 기색이었다.

나는 도무지 이해할 수 없었다. 고개를 갸웃거리는 나를 보고 시오리코 씨가 설명했다.

"이 손님이 구입하신 책은 소겐추리문고의 『올해의 SF 걸작선 2』와 분순문고의 앤솔로지 『기묘한 이야기』였어요. 모두 로버트 영의 단편 「민들레 소녀」가 실려있죠. 단순한 우연 같지는 않았거든요."

"그 작품이 다른 책에도 실려있었어요?"

"네, 모두 절판됐지만요. 『민들레 소녀』라는 제목으로 나온 코발트문고판이 가장 귀해요."

시오리코 씨는 왜 자신이 소장한 『민들레 소녀』를 팔려고 했는가.

이제 겨우 이해했다. 다음에 이 손님이 찾아왔을 때 사가기를 기대했기 때문이다. 그날 우연히 내놓은 게 아니었다.

"이 『민들레 소녀』는 아내의 물건이지만, 제가 가장 좋아하는 책이기도 했습니다."

표지를 바라보며 그는 쓸쓸히 웃었다.

"아내가 이 책까지 팔아버렸다는 걸 알았을 땐 놀라서 펄쩍 뛰었지요. 팔 거면 차라리 저한테 줬으면 좋았을 텐데……. 황급히 아내가 책을 판 가게에 연락해서, 값은 얼마든 쳐줄 테니 다시 사고 싶다고 했습니다. 하지만 방금 시장으로 가져갔다고 하더군요."

"아, 우리 어머니로군."

다키노는 머리를 긁적였다.

"내가 시장에 있을 때는 거의 어머니가 가게를 보거든."

"처음에는 포기할 생각이었습니다. 새로 사야겠다고 생각하고 이곳을 찾았죠. 여기에는 재고가 있을지도 모르니까요. 안타깝게도 예상이 빗나갔지만."

뭔가 짚이는 게 있었다. 나는 남자가 가져온 『민들레 소녀』를 펼쳤다. 마지막 장에 붙어있던 낡은 가격표에 비블리아 고서당의 이름이 적혀있었다. 이곳에서 판 책이다.

"그래서 이 작품이 실린 다른 문고본을 샀습니다. 하지만 만족할 수가 없었습니다. 아내가 가지고 있던 코발트문고의 『민들레 소녀』가 아니면 안 된다는 사실을 깨달았죠……. 그 순간, 여기서 들었던 두 분의 이야기가 떠올랐습니다. 시장에 몰래 숨어들 수 있다면, 그 책을 되찾을 수 있을지도 모른다고 생각했죠."

"되찾다니, 원래 그쪽 물건도 아니잖습니까."

다키노는 어처구니없다는 표정으로 말했다.

"전처가 가지고 있던 책에 왜 그렇게까지 집착하죠?"

"결혼할 때 제가 아내에게 선물한 책입니다. 결혼반지와 같이."

잠시 우리는 아무 말도 하지 못했다.

도둑질까지 할 정도로 원했던 책을 왜 순순히 돌려주러 왔는지 어렴풋이 알 것 같았다. 결혼의 추억이 담긴 물건을 되찾았지만 큰 만족은 얻지 못했기 때문이리라. 그가 되찾고 싶었던 건 아마 책이 아닐 것이다.

"『민들레 소녀』는 10년 전에 이곳에서 산 책입니다. …… 사장님 어머님의 추천으로."

"네?"

시오리코 씨의 눈이 휘둥그레졌다.

"어머니가요? 아버지가 아니라?"

"네. 아내에게 선물할 책을 찾는다고 했더니 『민들레 소녀』를 추천하셨죠. 당신도 결혼할 때 이 책을 남편에게 선물했다면서……."

나는 어제 술집에서 들었던 이야기를 떠올렸다.

결혼할 때 아내에게 선물 받은 책을, 아내가 떠난 뒤로도 몇 번이고 읽은 남자.

분노 때문이 아니다. 그저 아내가 곁에 있었던 시절이 너무나 그리웠기에 책을 거듭 펼친 게 아닐까.

"결국 소설처럼 잘 풀리지는 않았네요……."

책을 돌려주러 온 남자는 낮은 목소리로 중얼거렸다.

8

『민들레 소녀』를 끝까지 읽는 데는 하룻밤도 걸리지 않았다.

'체질' 때문인지 다소 머리가 어지럽기는 했지만, 읽기를 잘했다고 생각했다. 모녀가 서로 다른 상대에게 추천해

줄 만한 책이었다. 그들은 그런 우연이 일어날 줄은 몰랐겠지만.

범인이 다녀간 다음 날부터 시오리코 씨는 『민들레 소녀』에 관한 이야기를 한마디도 꺼내지 않았다. 일부러 화제를 피하는 분위기였다. 어머니가 아버지에게 선물한 책이라는 걸 알고 머릿속이 복잡해졌겠지.

어머니가 아버지에게, 그리고 딸에게 전해준 책을 지금은 내가 가지고 있다.

아마 한동안 책을 돌려달라는 말을 듣지 못할 것 같다. 당분간 잘 갖고 있어야겠다.

……그는 그녀에게서 과거로부터 뛰쳐나온 사람처럼 강렬한 인상을 받았다.

그 문장이 어째서인지 머릿속에서 지워지지 않았다.

오랜 세월을 두고 쌍둥이처럼 닮은 모녀를 본다면 그런 느낌이 들 것이다. 단순히 어머니의 아름다움만을 물려받은 딸이라면 그리움을 느끼는 것으로 그치리라. 하지만 자신이 두려워하던 상대라면, 그 딸까지 두려운 존재로 비칠지도 모른다.

다음날 저녁, 나는 쓰지도의 히토리서방을 찾아갔다.

시민도서관 근처에 있는 자그마한 가게로, 겉보기에는 비블리아 고서당과 비슷한 분위기였다. 안에 들어가자 손님은 없었다. 서가에 문고본을 꽂고 있던 백발의 주인이 나를 힐끗 보았다.

"......여긴 뭐 하러 왔나?"

『민들레 소녀』가 표지가 보이도록 진열되어있었다.

"없어졌던 그 책입니까?"

이노우에는 대답하지 않았다.

범인은 어제 다키노와 함께 경찰에 출두했고, 도난당한 문고본도 이곳으로 돌아왔다. 다키노 말로는 훔친 본인이 책을 돌려주고 죄를 뉘우치고 있으니 엄한 처벌은 받지 않을 거라고 했다.

"자네하고 할 얘기 없네. 볼일이 없으면 그만 가보게."

"가져가신 『민들레 소녀』를 돌려주시죠."

이번 사건에는 세 권의 『민들레 소녀』가 얽혀있다. 남자가 과거 비블리아 고서당에서 사갔고, 그의 아내가 다키노 북스에 팔았다가, 지금은 이 가게에 진열된 책. 시오리코 씨의 아버지의 유품이자 지금 내가 빌린 책. 그리고 시오리코 씨가 구입했다가 이노우에에게 빼앗긴 책.

이노우에는 내 앞을 지나쳐 문 옆의 계산대 안쪽으로 들어갔다. 이 가게의 계산대는 입구 바로 옆에 있다.
"자, 가져가게."
파라핀지로 싼 『민들레 소녀』를 내밀었다. 시오리코 씨한테 도둑 누명을 씌운 것에 대한 사과의 말은 없었다.
"제 이름을 어떻게 알았죠?"
책을 건네받으며 묻자 이노우에는 순간 움찔했다.
이노우에가 내 이름을 어떻게 알았는지는 끝내 수수께끼로 남았다.
그는 우리 둘밖에 없는 가게 안을 휘휘 둘러보더니, 몸을 앞으로 내밀었다.
"시노카와 지에코와 만나본 적 있나?"
"아뇨, 없습니다."
"전화나 메일로 따로 연락한 적도 없고?"
"네."
나는 당혹감을 느끼며 고개를 끄덕였다.
"어디 있는지 아무도 모를 겁니다. 지난 10년 동안 가족과도 연락이 닿지 않았다고……."
"허."
이노우에는 어처구니없다는 듯 코웃음을 쳤다.
"그 얘기를 정말 믿나?"
"……무슨 말씀이십니까?"

"자네 사장은 계속 자기 어머니와 연락을 주고받았어. 소식이 끊겼다는 건 다 거짓말이고 연기야."

"네? 말도 안 됩니다. 그럴 리 없어요."

나는 딱 잘라 말했다.

과거에 시노카와 지에코와 무슨 일이 있었는지는 모르지만, 이 정도면 거의 망상 수준이다. 시오리코 씨의 말과 행동이 거짓인지 아닌지는 옆에서 봐온 내가 제일 잘 안다.

"그래?"

이노우에는 계산대로 들어가더니 서랍에서 자그마한 하얀 카드 하나를 꺼내 나에게 내밀었다.

"읽어보게."

자세히 설명해줄 것 같지도 않아서 하는 수 없이 카드를 받아들었다. 두툼한 도화지로 만든 크리스마스 카드였다. 뒤에 적힌 보낸 사람의 이름을 보고 나는 눈을 휘둥그레 떴다.

Chieko Shinokawa

"난 그 여자 생각만 해도 끔찍하지만, 어쨌든 알고 지낸 지 오래된 사이라 가끔 이렇게 편지를 보내더군."

"하지만, 가족과도 연락이……."

"그러니까 새빨간 거짓말이라 하지 않았나. 내용을 읽어보게."

나는 떨리는 손으로 카드를 펼쳤다.

옅은 빛깔로 교회 그림이 인쇄된 속지 밑 부분에 파란 잉크로 짧은 메시지가 적혀있었다. 놀랍게도 시오리코 씨의 필적과 거의 똑같았다.

이노우에 다이치로 씨께.
그쪽은 춥나요?
만날 때마다 우리 애를 겁주던데, 그러지 마요.
지금 우리 가게에서 일하는 고우라 다이스케 군도
좋은 청년 같던데 잘 지내봐요.
책은 못 읽는 것 같지만.

등골이 오싹해졌다.

어떻게 내 이름을 아는 거지? 아니, 알아보려고 마음만 먹으면 그 정도는 알 수 있을지도 모른다. 하지만 어떻게 내 체질에 대한 것까지 아는 거지?

물론 다른 사람들에게 떠들고 다닌 적은 없다. 아는 건 우리 어머니와 친척들, 오래 알고 지낸 친구와 지인뿐이다. 그리고 시오리코 씨밖에……

'설마.'

그럴 리가 없다. 절대로.

"그 모녀를 조심해."

누가 들을까 조심하듯, 이노우에는 나지막한 목소리로 속삭였다.

"혹시라도 녀석들에게 약점을 잡히면 험한 꼴을 보게 될 거야……. 이건 충고니까 새겨들어."

タヌキとワニと犬が出てくる、絵本みたいなの

02 너구리와 악어와 개가 나오는 그림책 같은 것

에두아르드 우스펜스키 | Eduard Uspensky, 1937~
러시아의 문인. 소설, 시, 희곡 및 동화 다수를 집필했다. 애니메이션을 제작하기도 했으며, 라디오와 텔레비전 방송에도 나오는 등 다채로운 분야에서 활동했다.
—
로만 카차노프 | Roman Kachanov, 1921~1993
러시아의 애니메이션 감독. 러시아 스톱모션 애니메이션의 황금기를 이끌었다. 세계 4대 애니메이션 감독인 유리 놀시타인의 스승이기도 하다.

1

 1월 4일쯤 되면 명절 기분도 사그라진다. 가마쿠라 역의 승강장에는 참배객이 아니라 쇼핑을 하러 가는 지역 주민들만 가득했다.
 어제 마신 술로 머리가 지끈거렸다. 나는 얼굴을 찌푸리며 열차를 기다렸다.
 어제 오후에 고등학교 동창들과 오랜만에 모였디. 고향 집에서 명절을 보내는 친구들이 많아서 신년회 겸 동창회가 열렸다. 고시고에에 사는 사와모토는 참석했지만, 전 여자 친구였던 고사카 아키호는 오지 않았다.
 "고사카는 공휴일에도 열심히 일하는 모양이야."

사와모토의 말을 듣고 안도감도 들었지만 한편으로는 걱정도 되었다. 어쨌든 친구들과 함께 쓰루가오카하치만구가 마쿠라 지역의 대표적인 신사를 찾았다.

나는 신사 본당이 아닌 큰 은행나무 밑동에 오랫동안 서 있었다. 백 살 넘은 그 나무가 지난 봄 큰 태풍을 이기지 못해 쓰러졌다는 소식을 들었는데, 직접 와서 보는 건 처음이었다.

아주 오래 전부터 있던 것이 어느 날 갑자기 사라진다.

설령 자신과 별 상관없는 존재였더라도 상실의 충격은 생각보다 크다는 사실을 깨달았다.

단순한 비유가 아니라 정말 그랬다.

저녁나절부터 술집에서 진탕 마신 후 자이모쿠자에 있는 친구 집에서 하룻밤 신세를 졌다. 자정 부근부터 기억이 애매한데, 나를 빼고 다들 비블리아 고서당 이야기로 불이 붙었던 게 어렴풋이 뇌리에 남아있다.

예쁜 사장과 바보 고우라 사이는 어떻게 됐느냐, 가망이 없는 것 같으면 얼른 차여서 술자리 안줏거리나 제공하라고 난리였지만 나는 그 모든 이야기를 건성으로 흘려 넘겼다. 느지막하게 아침까지 얻어먹고 방금 전에야 친구 집에서 나오는 길이다.

푸른색과 크림색 줄무늬가 들어간 전차가 승강장으로 들

어왔다.

승객들이 내리기를 기다렸다 열차 안으로 들어섰다. 빈자리가 보였지만 어차피 오후나까지는 두 정거장이다. 나는 손잡이를 잡고 별생각 없이 창밖을 내다보았다.

"어머, 어머머, 고우라 씨!"

열차가 출발했을 무렵, 새된 목소리가 귀를 찔렀다. 어디서 들어본 목소리다. 저도 모르게 주변을 둘러봤다.

"어딜 보는 거야? 여기야, 여기!"

하얀 다운코트에 모피 목도리를 두른 자그마한 여자가 눈앞에 앉아있었다. 동안이지만 쌍꺼풀이 진 눈가에 주름이 보였다. 잘은 모르지만 아마 30대 후반일 것이다. 전보다 조금 야윈 것 같았다.

"새해 복 많이 받으세요. ……시노부 씨."

나는 손잡이에서 손을 떼고 고개를 숙였다.

그녀는 사카구치 시노부. 나이 차이가 많이 나는 연상의 남편과 즈시에 산다.

반년쯤 전이었던가, 남편이 비블리아에 팔던 『논리학 입문』이라는 책을 되찾으러 온 적이 있다. 그 일을 인연으로 가끔 찾아오는 손님이다. 책을 사고팔려는 게 아니라 잠깐 수다를 떨러 들르는 것뿐이지만. 일전에는 타이완 여행을 다녀오면서 선물로 말린 과일을 가져다주기도 했다.

"응, 새해 복 많이 받아! 올해도 잘 부탁해!"

그렇게 말하며 내 손을 잡고 위아래로 힘차게 흔들었다.

"마침 잘됐다! 지금 가게에 가는 길이었어. 오늘은 영업하지?"

"죄송합니다. 오늘까지 쉬는 날이에요."

비블리아 고서당은 12월 31일까지 영업하고, 1월 4일까지 쉰다. 연말연시에는 거의 쉬지 않는 고서점도 많지만, 비블리아는 옛날부터 그랬다고 들었다.

"어머, 정말?"

그녀는 놀란 듯 큰 소리로 말했다. 달랑 둘밖에 없는 종업원 중 하나가 이렇게 돌아다니고 있는 걸 보면 짐작할 법도 한데.

"사장님은 댁에 계셔?"

나는 살짝 인상을 쓰며 기억을 더듬었다. 요즘 시오리코 씨와는 일 이야기가 아닌 다른 이야기는 거의 하지 않았다.

"글쎄요……. 아, 아마 없을 겁니다. 4일에 약속이 있다고 한 것 같아요."

그믐날 가게에서 통화를 하면서 1월 달력에 일정을 적어 넣는 걸 본 기억이 난다. '류, 12시.' 학창 시절부터 친하게 지낸 다키노 렌조의 여동생과 만나는 것이리라. 해마다 1월에 둘이서 신년회를 한다고 들었다.

"무슨 일 있으십니까?"

가게가 쉬는 날인데도 찾아가려는 걸 보면 뭔가 사정이 있겠지. 어쩌면 남편 사카구치 마사시와 관련된 일일지도 모른다. 보는 사람이 눈꼴 실 정도로 금슬 좋은 부부지만, 사카구치에게는 남들에게 밝힐 수 없는 과거가 있는 데다, 심한 눈병까지 앓고 있다.

"음, 그게."

시노부는 이마에 손을 대고 생각에 잠겼다.

"사장님에게 조언을 구할 일이 있어서 찾아가는 길이었는데……. 안 계신다니 다음에 다시 와야겠네."

때마침 속도를 줄인 열차가 기타가마쿠라 역의 승강장으로 들어섰다. 다음에 다시 온다고 했으면서 그녀는 자리에서 일어나려 하지 않았다. 내려서 열차를 갈아타지 않을 건가?

"출근하시려고요?"

나는 그렇게 물었다. 친구가 하는 후지사와의 작은 술집에서 일한다고 들었다. 출근하기에는 시간이 너무 이르기는 하지만.

"아니, 오늘은 나도 쉬는 날이야."

말을 마친 그녀는 나를 올려다보았다. 기타가마쿠라 역의 승강장에 정차한 열차의 자동문이 열렸다 다시 닫혔다.

그동안 사카구치 시노부는 내 얼굴에서 눈을 떼지 않았다.

"저기, 왜 그렇게 보시는지······."

"고우라 씨, 오늘 시간 있어?"

"시간이요? 네, 있긴 한데요."

"그럼 먼저 고우라 씨한테 이야기해도 될까? 책에 관한 일로 상의할 게 있어."

"책? 『논리학 입문』 말입니까?"

"그 책이 아니라······."

그녀는 고개를 저었다.

"옛날에 내가 읽었던 책이야."

열차 안에서 계속 이야기할 수도 없었기에 우리는 다음 역인 오후나에서 내렸다. 가게가 아닌 곳에서 단골손님과 같이 걷고 있으려니 이상야릇한 기분이었다.

"이야기를 들어드릴 수는 있지만, 제가 도움이 될까요? 전 책은 잘 몰라서요."

에스컬레이터에 탄 나는 시노부를 돌아보며 말했다. 그녀는 에스컬레이터 손잡이에 기대듯 서있었다.

"그래도 나보다는 잘 알 거 아냐. 조금이라도 나은 사람한테 이야기하고 싶어. 달리 상의할 사람이 없단 말이야."

시노부는 눈을 내리깔았다. 짙은 마스카라가 눈꺼풀에

그린 선처럼 보였다.

일단 내가 이야기를 듣고 내일 시오리코 씨에게 전하는 게 좋겠다.

에스컬레이터에서 내려 개찰구를 나섰을 때, 또 다른 단골손님의 모습이 눈에 들어왔다. 모자가 달린 롱코트와 청바지를 입은 날카로운 인상의 소녀가 기둥에 기대 서있었다.

소녀는 주머니에 손을 넣은 채 역사 입구를 우울한 표정으로 바라보았다. 누군가를 기다리는 모양이었다.

"고스가."

이름을 부르자 고스가 나오는 나를 돌아보며 눈을 휘둥그레 떴다.

"고우라 선배, 웬일이세요? 아, 오후나에 산다고 했죠. 새해 복 많이 받으세요."

나오는 새해 인사를 덧붙이더니 살짝 고개를 숙였다.

"너도 새해 복 많이 받아."

나도 인사를 건넸다. 옆에 있는 사카구치 시노부는 호기심 섞인 표정으로 나오를 바라보았다.

"우리 가게 단골이에요."

고야마 기요시의 문고본을 둘러싼 작은 사건을 일으킨 나오는 그 뒤로 비블리아 고서당을 자주 찾았다. 노숙자 겸 책등빼기인 시다와도 가깝게 지낸다.

"어머, 그래? 안녕! 난 사카구치 시노부라고 해요. 나도 비블리아 고서당 단골이야. 잘 부탁해!"

시노부는 힘차게 손을 내밀어 악수를 청했다. 그 해맑은 모습에 당황했는지, 나오는 살짝 시노부의 손을 잡았다 놓았다.

"……안녕하세요. 고스가 나오라고 합니다."

"누구 기다려?"

나는 그렇게 물었다.

"네, 아니, 아까 만났는데 잠깐 화장실에 간다고 해서……."

"늦어서 미안해! 화장실에 사람이 너무 많아서……. 어, 고우라 오빠네. 여기서 뭐 해요?"

갑자기 귀에 익은 목소리가 대화에 끼어들었다. 빨간 더플코트에 포니테일의 소녀, 시오리코 씨의 동생인 시노카와 아야카였다.

"잠깐 지나가는 길이야. 둘이서 놀러 나온 거야?"

"네."

아야카는 당연하다는 듯 고개를 끄덕였다. 나는 뜻밖의 조합에 내심 놀랐다. 둘이 같은 고등학교에 다니고, 요즘 들어 자주 얘기한다는 이야기는 들었지만 쉬는 날에 만나서 놀 정도로 친한 줄은 몰랐다.

나는 사카구치 시노부를 돌아봤다. 비블리아 고서당의 단골이니 아야카에게도 소개하는 게 좋겠다.

"이분은……."

말문을 열었을 때, 갑자기 시노부와 아야카가 서로에게 달려가 손을 맞잡았다.

"어머, 아야카! 여기서 보네. 올해도 잘 부탁해!"

"시노부 씨, 오랜만이에요! 저야말로 잘 부탁드려요. 여기는 웬일이세요?"

주변 사람들이 돌아볼 정도의 큰 소리로 떠들기 시작한 두 여자의 모습을 보니 당혹스러웠다.

"아는 사이에요?"

"나 혼자 가게를 볼 때 시노부 씨가 오신 적 있거든."

"서로 전화번호도 교환했어. 저번에는 밖에서 만나서 차를 마셨고."

아야카의 설명을 시노부가 이어받아 대답했다. 처음 듣는 이야기였다.

듣고 보니 서로 잘 맞을 것 같기는 하다.

"어머, 시노부 씨. 키가 줄었어요?"

"아니야, 요즘은 부츠나 하이힐 대신 이것만 신거든. 엄청 편해!"

시노부는 원피스를 살짝 들어 올려 화려한 색의 운동화

를 내보였다. 아야카의 눈이 번뜩였다.

"아, 내 신발이랑 똑같네!"

아야카는 미니스커트 아래로 뻗은 근육질의 다리를 격투기 선수처럼 들어올렸다. 같은 신발이었다.

"이거 봐요! 똑같죠?"

"어머, 정말! 이런 우연도 있나?"

나와 나오는 그 운동화가 얼마나 편한지 뜨겁게 이야기하는 두 사람의 모습을 한 걸음 떨어져서 바라보았다. 솔직히 저 둘의 수다에는 함부로 못 끼어들겠다.

'그래도 대단한 재능이야.'

고스가 나오나 사카구치 시노부처럼 별 접점이 없는 상대와도 금세 친해지는 걸 보면, 시노카와 아야카의 사교성은 보통이 아니었다. 시오리코 씨와 정반대의 성격이다. 언니의 커뮤니케이션 능력이 죄다 동생에게 간 걸지도 모른다.

"시노카와, 그만 출발하지 않으면 늦겠어."

참다못한 고스가 나오가 말했다.

"어디 가는데?"

"영화 보러 가요."

"저번에 나오가 자기가 좋아하는 애니메이션 DVD를 빌려줬거든요. 신작이 이번에 개봉했는데, 꼭 보고 싶다고 해서."

"야! 쓸데없는 소리는 왜 해!"

나오는 당황한 듯 아야카의 말을 끊더니 헛기침을 했다.

"아무튼 얼른 가자."

그리고 주머니에서 교통카드 지갑을 꺼내 자동개찰구 센서에 대고 역 안으로 들어갔다. 연말연시에 상영한다면, 아마 아이들이 주로 보는 애니메이션의 극장판일지도 모른다.

"카드 지갑 귀엽다."

시노부가 작게 속삭였다. 나도 언뜻 봤는데, 나오가 가지고 있는 카드 지갑에는 커다란 귀를 한 갈색 원숭이 캐릭터 그림이 그려져있었다. 이름은 모르지만 요새 자주 눈에 띄었다. 겉보기와 달리 귀여운 취미를 가지고 있는 모양이다.

"고우라 오빠."

나오의 재촉에도 아야카는 아직 그 자리에 있었다. 표정이 갑자기 진지해졌다.

"요새 무슨 일 있어요? 어디 아파요?"

"응? 갑자기 무슨 소리야?"

"요새 언니가 오빠한테 신경을 많이 쓰더라고요. 기운이 없어 보이는데 무슨 일이 있는 게 아니냐면서……."

물론 아픈 곳은 없었다. 다만 연말에 히토리서방의 이노우에에게 들은 이야기가 머릿속에서 지워지지 않았다.

시노카와 모녀가 서로 연락을 주고받고 있다는 그의 이야기를 곧이곧대로 믿지는 않았지만, 시노카와 지에코가 누군가를 통해 내 정보를 알아낸 건 틀림없었다. 사각에서 감시 받는 것 같아 뭔가 꺼림칙했다. 누구한테 어디까지 이야기해야 할지 고민하던 참이었다.

시오리코 씨가 이상하게 여기는 줄은 몰랐다. 신정에 그녀에게서 연하장을 대신한 메일을 받았지만, 내용은 격식 차린 새해 인사뿐이었다. 나도 비슷한 메일로 답장했다. 지금 돌이켜보면 부자연스럽게 느껴졌을지도 모르겠다.

"아픈 데 없어."

"그래요? 그럼 됐어요."

아야카는 더는 묻지 않았다.

"그럼 언니한테 그렇게 말해줘요. 그럼 다음에 봐요! 시노부 씨도요!"

아야카는 손을 흔들며 종종걸음으로 개찰구를 빠져나갔다.

2

나와 사카구치 시노부는 파칭코 가게의 2층에 있는 카페에 들어갔다. 자리는 반쯤 차있었다. 우리는 창가 금연석에 앉았다.

"금연석 괜찮으세요?"

"담배 끊었어. 그게 낫겠더라고……. 이말 저말 많아서."

시노부는 코트를 벗으며 대답했다.

그러고 보니 몇 달 전에 담배 가격이 일제히 인상되었다는 뉴스를 본 기억이 난다. 그 뒤로 금연하는 사람이 눈에 띄게 늘었다.

주문을 마치자 우리 사이에는 침묵이 흘렀다. 나이 지긋한 손님이 많아서인지 가게 안은 생각보다 조용했다.

"사장님하고는 잘 되어가?"

"네?"

나는 놀라 되물었다.

"사장님 좋아하잖아."

시노부는 부드러운 목소리로 말했다.

이렇게 직설적으로 물으니 숨길 마음도 들지 않았다. 우리 둘을 모두 아는 연상의 지인이라는 점이 편하게 느껴지기도 했다.

"네. 시오리코 씨는 어떻게 생각하는지 모르지만요."

"그래, 뭔가 쉬운 상대는 아닌 것 같더라. 자기 속내를 털어놓지 않는다고 할까. 우리 자기하고 좀 비슷해. 어머, 아저씨하고 비교해서 미안해."

"아닙니다."

'우리 자기'는 시노부가 남편 마사시를 부르는 애칭이다. 시오리코 씨와는 성별도, 나이도 다르지만 뭔가 비슷한 점이 있기는 하다.

"그런 사람들은 자기가 마음에 둔 사람을 항상 잘 살피는 편이라, 의외로 많은 것들을 알더라고. 뭘 숨길 수가 없어."

혼잣말 같았지만, 아까 아야카와 내가 한 이야기를 염두에 둔 것임을 알 수 있었다. 무슨 일이 있으면 솔직하게 말하라고 에둘러 충고하는 것 같았다.

"……그러게요."

혼자서 머리를 이리저리 굴려도 해결되는 건 없다. 이노우에의 말이 계속 마음에 걸린다면, 본인에게 직접 물어보는 수밖에 없겠지.

그때 주문한 음료가 나와서 이야기가 중단됐다. 나는 커피, 시노부는 핫밀크를 시켰다.

"바깥 분은 좀 어떠세요?"

"멀쩡해."

그녀는 생긋 웃었다.

"시력은 여전히 안 좋지만, 몸은 아픈 데 없이 건강해. 지금은 시력이 더 떨어져도 대처할 수 있도록 훈련하는 중이야. 기본적인 일들은 혼자 할 수 있어야 한다면서……. 그런 진지한 면이 우리 자기의 매력이지."

시노부는 찻잔을 든 채 황홀한 표정으로 먼 곳을 바라보았다. 설마 여기서 남편 자랑이 튀어나올 줄은 몰랐다.

"아무튼 책 말인데."

"네? 아, 네."

느닷없이 화제가 바뀌는 바람에 순간적으로 무슨 이야기를 하고 있었던 것인지 떠올리는 데 시간이 걸렸다. 그러고 보니 본론은 그쪽이었다.

"초등학교에 막 들어갔을 무렵 재밌게 읽었던 책이 딱 한 권 있어. 난 독서와는 거리가 먼 애였기 때문에 내용은 잘 기억나지 않아. 그저 아주 좋았다는 인상만 강렬하게 남아 있어. 요새 그게 무슨 책이었는지 궁금해서 견딜 수가 없더라고. 무슨 기분인지 알아?"

"네. 알 것 같아요."

나는 고개를 끄덕였다. 반드시 책이 아니더라도, 어릴 적 좋아했던 물건이 갑자기 갖고 싶어지는 심리는 이해할 수 있었다.

"그 책을 꼭 다시 읽고 싶어. 사장님하고 고우라 씨가 찾는 걸 도와줬으면 좋겠어. 찾으면 당연히 살 거고."

"알겠습니다."

한마디로 정리하면 책을 찾아달라는 의뢰였다. 이런 일은 고서점에선 그리 드물지 않다. 가게에 재고가 있을지는 몰라도 판매하는 가게를 찾는 일쯤은 도울 수 있겠지.

"책 제목이 뭐죠?"

"그걸 모르겠어."

그녀는 난감한 표정으로 대답했다.

"네?"

"제목에 외국 이름이 들어갔는데, 난 옛날부터 외국 이름은 영 기억을 못했거든. 영어도 젬병이었고."

"그럼 작가 이름은요?"

"글쎄. 아, 외국 사람이었어. 긴 이름이었던 거 같아."

"출판사 같은 것도 기억 안 나시고요?"

시노부는 고개를 끄덕였다.

나는 생각을 정리하려고 커피를 한 모금 마셨다. 이야기 속에 고유명사는 하나도 나오지 않았다.

"역시 어려울까?"

일단 내 능력으로는 무리다. 물론 돕고 싶은 마음은 있다. 하지만 아무리 시오리코 씨라도 이런 얘기만 듣고서 해결하긴 어려우리라.

"어릴 적에 읽은 책이라면 동화책인가요?"

"아마도. 삽화도 많고 문장도 많았어. 히라가나뿐 아니라 읽는 법이 달린 한자 단어도 있었지."

"무슨 내용이었습니까?"

"그게……. 너구리와 악어와 개가 나오는 동화였는데. 정확한 시대는 모르겠지만 아마 서양 배경이었던 거 같아."

거기서 말이 또 끊어졌다. 내용조차 어렴풋이만 기억하는 모양이다.

"……또 기억나는 건 없으시고요?"

"개가 나왔어!"

시노부는 단호하게 말했다. 그건 방금 말하지 않았나?

"슬픈 이야기였어. 주인이란 녀석이 강아지 때는 그렇게 예뻐하더니, 조금 덩치가 커지니까 버리고 다른 강아지를 데려온 거야. 어떻게 인간이 그럴 수가 있지?"

확실히 어린이용이라고 하기에는 꺼림칙한 이야기다.

"개는 외톨이 사자와 친구가 돼."

"개와 사자가요? 몸집이 너무 차이 나는데요."

"그렇지. 사자도 처음에는 망설였지만, 결국 둘은 친구가 돼. 전혀 다른 둘에서 서로 친해지는 이야기, 참 좋지 않아?"

나는 사카구치 마사시와 시노부를 떠올렸다. 나이도, 살아온 인생도 전혀 다른 부부다.

"그럼 그 개와 사자가 주인공입니까?"

"아니, 주인공은 너구리야."

"너구리요? 외국 동화라면서요."

너구리가 등장하는 외국 동화라니, 금시초문이었다.

시노부 스스로도 자신이 없는지 고개를 갸웃거리고 있었다.

"정확히 너구리였다고 단언할 순 없지만, 삽화는 똑똑히 기억나! 잠깐만."

시노부는 핸드백에서 수첩을 꺼내 볼펜으로 쓱쓱 그림을 그렸다. 생각보다 솜씨가 좋았다.

금세 팔다리가 짧은 동물의 그림이 완성됐다. 온몸이 까맣고 눈 주변만 하얗다. 귀는 두 개, 엉덩이에는 도톰한 긴 꼬리가 달렸다.

"……너구리네요."

"그렇지, 너구리 맞지? 이 너구리는 버려진 개와 외톨이 사자처럼 다양한 이들과 만나."

"얘는 뭘 하는데요?"

시노부는 눈을 꼭 감고 기억을 더듬듯 손가락으로 이마를 눌렀다.

"집을 지으려 했던 것 같은데."

"개집이요?"

"음, 그보다 더 큰 집이었어. 외로운 이들이 모이는……. 커다란 트럭에 벽돌을 가득 싣고 와서 모두 힘을 합쳐 집을 지어."

"그럼 다양한 캐릭터가 나오겠네요."

"그렇지. 친구를 만들려는 공부 못하는 남자애도 있었어. 자기보다 머리가 나쁜 사람을 찾는데, 좀처럼 찾지 못해."

"뭔가 신기한 이야기네요. 그런데 사람도 나와요?"

"그럼. 사람도 나오고, 악어, 기린 등등. 사람과 동물이 모두 사이좋게 살아. 아, 그러고 보니 동물원도 나왔지, 아마?"

재미는 있어 보였지만 영 세계관을 파악하기 어렵다. 무슨 디즈니 애니메이션 같은 건가?

"기억나는 건 그 정도야. 결말 같은 것도 전혀 모르겠고."

기억이 단편적인 건 좋아하는 부분만 되풀이해 읽었기 때문이리라. 어린애의 독서란 흔히 그런 법이다.

나는 시노부에게 아까 그린 주인공의 그림을 받아 주머니에 넣었다. 그녀가 들려준 이야기가 과연 책을 찾는 데 실마리가 될 수 있을지 의심스러웠다. 그 책에 대해 더욱 자세히 아는 사람이 있으면 그나마······.

"아."

뇌리에 뭔가가 번뜩였다. 가장 중요한 걸 잊고 있었다.

"왜 그래? 무슨 책인지 알겠어?"

시노부는 눈을 반짝이며 물었다.

"그건 아닌데, 어릴 때 읽은 책이라면 부모님이 사주셨을 거 아니에요. 무슨 책인지 아시지 않을까요?"

무슨 까닭인지 그녀의 표정이 굳어졌다. 들려던 찻잔을 다시 내려놓았다.

"응, 그렇지······. 엄마가 근처 서점에서 사준 책이니까."

"그럼 어머니한테 물어보시면 어떨까요?"

딸이 열심히 읽던 책이라면 부모도 기억하고 있을지 모른다.

"어쩌면 집에 아직 있을지도 모르고요."

"어, 그야 그런데······."

시노부의 목소리가 갑자기 작아졌다.

"부모님하고 얘기하는 건 좀 불편해서."

아차 싶었다.

까맣게 잊고 있었다. 시노부는 예전에 부모와 사이가 좋지 않았다고 했다. 그래서 고등학교를 졸업하자마자 집을 나왔다고.

"그랬죠, 죄송합니다."

꾸벅 고개를 숙이자 그녀는 괜찮다는 듯 하얀 이를 보이며 웃었다.

"괜찮아. 고우라 씨 말이 다 맞는데 뭘. 어차피 나도 친정에 가서 부모님한테 물어보려고 했어. 아, 맞다!"

시노부는 느닷없이 손뼉을 짝 쳤다. 경쾌한 소리가 가게 안에 울려 퍼졌다. 뭔지는 모르지만 불길한 예감이 들었다.

"왜 그러세요?"

"고우라 씨하고 사장님도 같이 와주면 안 될까? 우리 친정에!"

"네?"

나는 저도 모르게 큰 소리를 냈다.

3

"……이렇게 된 일입니다."

손님 없는 오전 시간, 비블리아 고서당에 출근한 나는 어제 있었던 일을 시오리코 씨에게 이야기했다.

반응을 살펴봤다. 그녀는 아까부터 고개를 갸웃한 채 굳어버린 것처럼 꿈쩍도 하지 않았다. 길고 검은 머리카락 한

가닥이 안경을 가리고 있었는데 그조차 알아채지 못한 눈치였다.

"무슨 책인지 아시겠어요?"

대답이 없었다. 생각해내려고 애쓰고 있는 모양이다.

수십 초가 지나서야 시오리코 씨는 수면 위로 올라온 사람처럼 숨을 내쉬었다.

"죄송합니다……. 잘 모르겠어요."

가녀린 목소리로 안타까운 듯 중얼거렸다. 시오리코 씨가 미안해할 일은 아니다. 이만한 단서를 가지고 알아내기란 쉬운 일이 아니니까.

"하지만 아는 이야기 같아요."

"네? 정말입니까?"

"아, 하지만 그뿐이에요. 좀 이해가 안 되네요. 다른 일이면 몰라도 한 번 읽었던 책의 작가와 제목을 잊어버리는 일은 거의 없는데."

"어릴 때 읽었으면 그럴 수도 있죠. 그런 걸 어떻게 일일이 기억하겠어요."

"네? 그런가요?"

시오리코 씨는 이해가 가지 않는다는 듯 고개를 갸웃거렸다. 책에 관해서만큼은 이 사람에게 상식을 요구하면 안 되는 모양이다.

"뭔가 단서가 될 만한 게 없을까요?"

"아직……. 시노부 씨의 이야기가 정확하다고 가정하고, 범위를 조금 좁힌 정도예요."

"어떻게요?"

"그 책은 먼저 1970년대 후반에 서점에서 판매하던 책이에요."

그녀는 그렇게 말하며 집게손가락을 세웠다.

"시노부 씨는 초등학교에 입학했을 무렵 그 책을 읽었다고 했으니까요. 물론 그 이전에 출간됐겠죠……. 나머지 하나는."

이어서 가운뎃손가락을 세우며 말했다.

"이야기는 아마 20세기에 들어서 쓰였을 테고, 무대의 모델도 그 이후의 미국이나 유럽 시가지일 거예요."

"그걸 어떻게 알았습니까?"

사카구치 시노부는 어느 시대의 이야기인지 모른다고 했고, 무대에 대해 구체적인 이야기는 한 마디도 하지 않았다.

"커다란 트럭으로 벽돌을 실어왔다고 했잖아요. 트럭이 발명된 건 19세기 말……, 대중적으로 보급된 건 20세기 초예요. 그리고 동물원이 나온다니 도시가 무대일 가능성이 크죠."

그렇구나! 나는 고개를 끄덕였다.

하지만 20세기 초부터 1970년대까지면 정확히 어느 시대인지 알아냈다고 할 수 없다. 범위를 조금 좁힌 것에 불과하다.

"주인공이 너구리라는 게 신기하네요."

시오리코 씨는 그렇게 말하더니 손가락을 내렸다.

"일본에서는 옛날부터 이야기에 자주 등장하는 동물이지만, 너구리의 주 생식지는 동남아라 유럽에서는 널리 알려진 동물이 아니에요. 어쩌면 다른 동물일지도 모르겠어요."

"하지만 그림만 봐서는 너구리 같은데요."

나는 계산대에 놓인 종이를 보며 말했다. 어제 시노부가 그린 주인공의 그림이었다.

"그렇죠?"

한동안 침묵이 흘렀다. 단서가 너무 적어서 더는 어찌할 도리가 없었다.

"시노부 씨의 친정에 가보실래요?"

사카구치 시노부는 책을 잘 아는 사람과 함께 가고 싶다고 했지만, 내심 혼자 부모를 만나고 싶지 않다고 생각했을 것이다.

"갈래요."

시오리코 씨는 즉시 대답했다.

"어떤 책인지 저도 궁금하거든요."

나와 같은 생각이었다. 친정에 가는데 고서점 점원이 따라가는 것도 이상하지만.

"그나저나 시노부 씨는 남편 분께 책 이야기를 하셨대요?"

"네?"

"시노부 씨의 이야기에 남편 분의 반응이 하나도 없는 게 마음에 걸려서요."

듣고 보니 그랬다.

친정에 가는 것만 해도 그렇다. 사카구치라면 자기도 같이 가겠다고 했을 법도 한데.

아니, 가고 싶어도 못 가는 사정이 있는 건지도 모른다. 시노부의 부모님은 무척 엄격한 분들이라고 하니, 나이 차이가 많이 나는 사카구치와의 결혼을 허락하지 않았을 수도 있다.

"하지만 일부러 숨길 이유는 없잖아요. 단순히 사카구치 씨도 그 책을 몰랐기 때문에 할 이야기가 없었던 게 아닐까요?"

남편에게는 아무것도 숨길 수가 없다고 말한 건 다름 아닌 시노부다. 시오리코 씨도 미소 지으며 고개를 끄덕였다.

"그러네요, 제가 괜한 생각을 했어요. 아, 이제 일을 시작할까요? 어제 인터넷 주문이 꽤 들어왔어요."

"시오리코 씨."

나는 책 더미 뒤로 들어가려는 그녀를 불러 세웠다. 해야 할 이야기가 아직 남아있었다.

"실은 일전에 히토리서방에 다녀왔습니다."

나는 이노우에가 했던 이야기와 시노카와 지에코가 보낸 크리스마스 카드 이야기를 털어놓았다.

시오리코 씨는 입을 꼭 다문 채 아무런 표정 변화 없이 내 이야기를 들었다. 마지막에 지금까지 입 다물고 있어서 미안하다고 말하자, 그녀는 화난 듯 고개를 홱 돌렸다.

"전 어머니와 연락하고 지내지도 않고, 남한테 다이스케 씨 사정을 얘기한 적도 없어요. 무슨 이득이 있다고 그런 거짓말을 하겠어요? ……그런 얘기는 더 일찍 해주셨으면 좋았을 텐데."

"죄송합니다."

"연초에 걱정했어요."

그녀는 나를 보지 않고 말을 이었다.

"요새 무슨 일이 있는 줄 알고……. 저번에 술을 마시러 갔었잖아요. 『민들레 소녀』가 돌아오기 전날에."

"네? 아, 그랬죠."

나는 당혹스러워하며 고개를 끄덕였다. 왜 지금 그 이야기를 꺼내는 거지?

어찌된 영문인지 시오리코 씨의 얼굴은 살짝 발그레했다.

"그날은 즐거웠······, 아니, 평소 주량보다 더 많이 마셔서 무슨 이야기를 했는지 정확하게 기억이 나지 않아요. 혹시 취해서 실수를 한 건 아닌가 해서."

"실수? 무슨 실수요?"

저도 모르게 그런 물음이 튀어나왔다. 정말 몰라서 물어본 것이었지만, 시오리코 씨는 더욱 얼굴을 붉혔다.

"그게······. 예를 들면 쉬지 않고 계속 웃거나, 콧노래를 부르거나······, 앉은 자리에서 졸거나."

목소리가 점점 작아졌다.

머리는 그렇게 좋으면서 저런 황당한 생각을 하다니. 웃음을 참느라 죽는 줄 알았다.

"실수한 적 없으니 걱정하지 마세요."

"정말요? 저한테 숨기는 게 아니고요?"

그녀는 힐끗 내 표정을 살폈다. 굳이 말하자면 다소 이상한 발언을 하기는 했지만, 불쾌한 술버릇은 아니었다. 오히려 귀여웠다.

"아니라니까요."

딱 잘라 부정하고 나서, 나는 용기를 쥐어짜 말했다.

"괜찮으시면 다음에 또 마시러 갈래요?"

"······생각해볼게요."

거절하지 않아서 다행이다. 가슴을 쓸어내렸다.

불현듯 시오리코 씨의 표정이 어두워졌다.

"만일 이노우에 사장님 이야기가 사실이라면, 누군가 어머니에게 정보를 제공한 거겠죠?"

"그렇죠."

시오리코 씨가 아니라면 다른 사람이 연락을 취했다고 봐야 한다. 우리 주변의 누군가가 몰래 가르쳐주고 있는 것이다. 물론 시노카와 지에코의 소식에 관해서도 아는 게 틀림없다.

'대체 누구지?'

순식간에 가까운 사람들에 대한 의심이 부풀어 올랐다. 영 꺼림칙하다.

"이제 일을 시작할까요?"

시오리코 씨가 작게 중얼거렸다.

내가 고개를 끄덕인 순간, 문 열리는 소리가 크게 울려 퍼졌다.

돌아보니 선글라스를 낀 초로의 남자가 입구에 서있었다. 수수한 회색 울 코트에 자주색 니트 목도리를 둘렀다.

"새해 복 많이 받게."

사카구치 마사시는 정중하게 인사했다.

"집사람 일로 상의할 게 있어서 찾아왔네. 지금 잠깐 시간 있나?"

사카구치는 목도리를 벗으며 다짜고짜 용건을 말했다. 목도리는 촘촘하게 짜여있었지만 묘하게 두툼한 것이 기성품이 아니라 손뜨개인 것 같았다.

"네, 무슨 일이신데요?"

시오리코 씨가 물었다.

"집사람이 어릴 적 읽었던 책에 관해 궁금한 게 있어서 자네들을 찾아갔다고 들었네. 어떤 이야기를 했는지 요점만 알려주게."

여느 때와 마찬가지로 군더더기 없는 심문조의 말투였다.

나와 시오리코 씨는 서로를 마주보았다.

"책을 찾아달라는 의뢰였는데, 제목이나 작가 이름을 모른다고 했어요. 시노부 씨가 친정 부모님께 물어보러 갈 때 저희도 동행해달라고 하셔서."

직접 사카구치 시노부를 만난 내가 대답했다. 친정 부모님이라는 말을 들은 순간 사카구치의 표정이 어두워졌다.

"역시나……."

그는 낮은 목소리로 중얼거렸다.

"뭐가 말입니까?"

나는 위화감을 느꼈다. 보아하니 시노부는 남편에게 이번 일을 자세히 이야기하지 않은 것 같다.

잠깐의 침묵 뒤에 사카구치가 조심스레 입을 열었다.

"아마 시노부의 목적은 어릴 때 읽었던 책이 아니라, 부모님을 만나는 것일 게야."

"네?"

"시노부가 친정 부모님과 사이가 좋지 않다는 이야기는 들었나?"

"얼핏 들었습니다."

나는 고개를 끄덕였다.

"평생 반듯하게 살아오신 분들이야. 지금은 두 분 다 은퇴하셨지만, 장인어른은 가나가와 현청에서 오랫동안 공직 생활을 하셨고, 장모님은 학원을 운영하셨지. 나이 차이가 나는 남동생이 하나 있다고 들었는데, 나는 얼굴을 본 적이 없어. 외국계 증권회사에 다닌다더군."

부모님이 '머리가 좋고' '자식 교육에 열심'이었다는 시노부의 말이 떠올랐다. 사카구치의 이야기를 들으니 그도 납득이 갔다.

"특히 장모님이 집사람을 엄하게 키워서, 모녀 사이에 충돌이 끊이지 않았다고 하더군. 집사람이 고등학교를 졸업하고 독립하자 한동안은 잠잠했던 모양이지만. 나와 결혼하면서 다시 집안이 시끄러워졌지. 끝까지 결혼을 허락하지 않았던 장모님과 인연을 끊고 집사람은 나와 결혼했어. 지난 20년 동안 친정과는 왕래가 없었다네."

"아버님과 동생 분과도 만나지 않았습니까?"

"가끔 통화는 했지만, 만난 적은 거의 없을 거야. 자주 가족과는 연이 없다는 얘기를 하며 웃었어."

담담하게 이야기하는 사카구치의 입가가 희미하게 일그러졌다. 시노부가 어떻게 생각하든, 원인 제공은 자신이 했다고 생각하는 것이리라.

"하지만 세월이 흐르면서 처가 식구들도 생각이 바뀐 것 같네. ……말은 안 했지만 집사람도 화해할 기회를 엿보고 있었을 거야. 자식도 부모만큼 나이를 먹으면 자연스레 그 심정을 이해하게 되는 법이니까.

작년 11월에 장인어른에게 넷이서 식사나 한 번 하자고 연락이 왔어. 예전부터 관계를 회복할 계기를 찾고 계셨던 거야."

"가셨습니까?"

내 물음에 사카구치는 무겁게 고개를 끄덕였다.

"장소는 차이나타운의 전통 있는 레스토랑이었는데, 처가에서 미리 예약까지 해두셨더라고. 오랜만에 얼굴을 봐서인지 분위기도 화기애애했어. 집사람과 장모님도 옛날

일로 이야기꽃을 피웠고. 나는 방해가 되지 않도록 식사 중에도 입을 다물고 있었지."

반듯한 자세로 말없이 중화요리 코스를 먹는 사카구치의 모습이 눈에 선했다. 대화에 참여하는 것보다 그 편이 존재감이 느껴질 것 같다.

"그리고 내 병에 대한 이야기에도 귀를 기울여주셨지. 어찌나 마음을 써주시는지, 우리가 다 민망할 정도였어……. 내 병의 원인이 무엇인지 자세히 물어보신 게 화근이 됐다네."

나는 숨을 삼켰다.

수십 년 전 일이지만, 사카구치는 은행 강도 전과가 있다. 경찰의 포위망에서 빠져나가려다 부상을 입었고, 그때의 흔적이 아직도 눈가에 남아있다. 시력 저하도 그 사고와 관련이 있다고 한다. 누군가에게 쉽게 털어놓을 만한 사정이 아니다.

아내인 시노부에게 본인의 입으로 직접 고백한 것도 불과 몇 달 전이었다.

"나는 그분들께 있는 그대로 털어놓을 작정이었네. 하지만 아내는 전과에 대해 절대 말하면 안 된다고 몇 번이나 못을 박았어. 죗값을 치르고 지금은 새사람이 됐으니 굳이 말할 필요는 없다고. 나도 그래야겠다고 생각하고 그 자리에 나갔는데……."

갑자기 이야기가 뚝 끊겼다. 우리는 사카구치의 얼굴을 보았다. 핏기 없는 얼굴에 땀이 비 오듯 흘렀다.

"설마 들켰습니까?"

내 목소리도 덩달아 낮아졌다. 사카구치는 선글라스 밑으로 손을 넣어 눈두덩을 마사지하듯 눌렀다.

"……그렇게 됐네."

"어쩌다……."

"내 입으로 털어놨어."

잘못 들은 줄 알았다. 일부러 자기 입으로 털어놨다고?

"눈앞에 있는 분들을 속인다고 생각하니 너무 죄송스러워서, 무엇에 홀린 것처럼 내 과거를 죄다 털어놓고 말았네. 장인어른은 내 이야기를 들어주셨지만, 장모님은……. 나는 무슨 말을 들어도 감수할 수 있지만……."

사카구치는 말을 흐렸다. 시노부의 어머니에게 심한 말은 들었으리라.

그 뒤의 이야기는 충분히 짐작이 갔지만, 그렇다고 듣지 않을 수도 없었다.

"그래서 그 뒤로 어떻게 됐습니까?"

"집사람이 발끈해 장모님한테 대들어서 분위기가 엉망이 됐어. 모두 내 탓이야."

그는 땅이 꺼져라 한숨을 쉬었다.

오랫동안 비밀을 안고 괴로워해왔으니, 모두 털어놓고 싶은 그의 마음을 이해하지 못하는 건 아니다. 그래도 조금 더…….

"조금 더 때와 장소를 가려야 했어."

내 마음을 들여다본 듯 사카구치가 말했다. 누구보다 본인이 가장 절감하겠지.

"저기, 상의하실 일이라는 게 뭔가요?"

시오리코 씨가 조심스레 물었다. 사카구치는 고개를 끄덕이며 말을 이었다.

"집사람은 날 생각해 장모님에게 대들었지만, 아까도 말했듯 내심 부모님과 화해하기를 바라고 있다네. 특히 요즘에는 혼자 생각에 잠기는 일이 많아졌지. 이유를 물어도 옛날에 읽었던 책 때문에 그런다고 대답했지만, 아마 본심은 그게 아닐 거야. 부모님 일로 고민하고 있고, 만나러 갈 구실을 찾고 있는 거라 생각하네."

'그럴까?'

머릿속에 의문이 스쳤다. 어제 만났을 때 보기에는 진심으로 친정에 가기 싫어하는 눈치였고, 어린 시절 읽은 그 책을 꼭 찾고 싶어하는 것 같았다.

"아마 집사람의 부모님, 특히 장모님도 같은 마음이실

거야. 하지만 막상 얼굴을 보면 또 다툼이 일어나겠지. 집사람과 장모님 사이를 중재해달라는 건 아니지만, 최소한 다툼이 심해지지 않도록 자네들이 도와줬으면 하네."

사카구치는 시오리코 씨가 대답할 틈을 주지 않고 말을 이었다.

"원래는 내가 나서야 하지만, 처가 출입을 허락해주지 않아서 그럴 수가 없네. 연락을 해도 받아주지 않으시더군……. 면목 없는 줄은 아네만, 부디 집사람을 도와주게."

사카구치는 머리를 조아리며 부탁했다.

4

평일이라 길은 그리 밀리지 않았다. 이대로 가면 예정보다 조금 일찍 도착할 것 같다.

"우리 자기가 정말 그랬어? 내가 엄마하고 화해하고 싶어한다고?"

봉고차 뒷좌석에 앉은 사카구치 시노부가 물었다.

"네."

조수석에 앉은 시오리코 씨가 고개를 끄덕였다.

사카구치 마사시가 다녀간 다음 주 정기 휴일, 우리 셋은 도쓰카에 있는 시노부의 친정으로 향했다.

"한참 잘못 짚었네. 솔직히 얼굴도 보기 싫고, 오늘도 영 내키지 않는데 억지로 가는 거란 말이야. 내 얼굴 보면 모르겠어?"

룸미러를 들여다보자 퉁명스러운 시노부의 얼굴이 보였다. 입술까지 창백했다. 부모와 만나는 것뿐인데.

"전 알 것 같아요."

시오리코 씨가 강하게 고개를 끄덕였다.

"부모라도 용서할 수 없는 부분은 분명 있죠. 일반적으로 모녀가 사이가 틀어졌을 때는 어머니가 원인을 제공한 경우가 많아요."

"맞아, 사장님이 옳은 소리 하네. 역시 일반적으로도 그런 거지?"

시노부는 조수석 등받이를 붙잡고 기쁜 표정으로 몸을 앞으로 내밀었다. 내가 보기에는 일반적이라기보다는 개인적인 차원의 이야기였지만 내색하지 않았다.

JR 전철 노선을 따라 한동안 달리다 강가 근처에 있는 단독주택 앞에 차를 세웠다. 지은 지는 좀 되어 보였지만 넓은 집이었다. 널찍한 정원에 텃밭이 보였다. 담장에 어느 정당의 포스터가 붙어있었다.

"이 집은 여전하네."

시노부는 포스터 속 정치인의 얼굴을 손가락으로 두드리며 문을 열었다. 문기둥의 문패에는 까만 글씨로 '가와바타'라고 새겨져있었다. 결혼 전 시노부의 성은 가와바타였던 것이다.

하얀 비닐로 덮인 텃밭 앞에서 그녀는 얼굴을 찌푸리며 걸음을 멈췄다.

"엄마는 농약을 치지 않고 집에서 직접 키운 야채에 푹 빠졌는데, 솔직히 자랑하는 만큼 맛있지 않았어. 잘 자라질 못해서 영 싱거웠거든. 하지만 텃밭 얘기를 하면 기분만큼은 좋아지시더라고."

어머니 이야기만 나오면 말투가 신랄해졌다. 사이가 좋지 않은 부모자식은 어디나 비슷한 모양이다.

"이게 뭔가요?"

시오리코 씨가 나무로 만든 작은 집을 가리키며 물었다. 꽤 오래되어 보였는데, 지붕을 여러 번 다시 칠한 것 같았다. 안은 비어있었지만 청소를 한 흔적이 남아있었다.

"아, 개를 키웠거든. 내가 초등학생이었을 적에. 아직도 남아있네."

개집 입구 위에 적힌 글자는 비바람에 씻겨서 거의 보이지 않았지만, 자세히 들여다보니 읽을 수는 있었다.

단짝의 집

"개 이름이 '단짝'이었나 보죠?"

별난 이름이다. 내 말을 들은 시노부가 웃음을 터뜨렸다.

"아, 웃겨. '단짝'은 개 이름이 아니라 말 그대로 사이좋은 친구란 뜻이야. 개 이름은 따로 있었어."

"……"

한마디로 '단짝이 사는 집'이라는 건가. 주인과 키우는 개가 단짝처럼 사이좋은 건 당연하지만, 일부러 개집에 써 놓는 센스는 대체 어디서 나왔는지 모르겠다. 그냥 개의 이름을 써놓는 게 낫지 않을까?

"그럼 개 이름은 뭡니까?"

"토비크야. 강가에 버려진 걸 내가 주워 와서 마음대로 키웠지. 3년쯤 같이 살았어. 엄마가 얼마나 싫은 소리를 했는지 몰라. 멍청한 게 짖기는 엄청 짖는다고."

그때의 기억이 되살아났는지 시노부는 얼굴을 찌푸렸다.

"똑똑한 개는 아니었어. 산책하다가 틈만 나면 도망치려고 했지. 수학여행에서 돌아와 보니 없더라고."

"왜 토비크라는 이름을 붙였습니까?"

'토비크'라는 이름도 특이했다. 그냥 생각나서 붙일 만한 이름은 아니었다.

"음, 그게. 아, 맞아, 그랬어!"

시노부의 얼굴이 환해졌다.

"그 책에 나온 개 이름이었어! 덩치가 커졌다고 버려진 개 말이야. 내가 얘기했지? 그 개 이름이 토비크였어."

처음으로 등장인물……이 아니라 동물의 이름이 밝혀졌다. 영어는 아닌 듯하니 영국이나 미국이 아닌 다른 나라가 무대일지도 모른다. 물론 가공의 나라일 수도 있지만.

불현듯 시오리코 씨가 고개를 숙이며 입가에 주먹을 댔다. 뭔가 짚이는 게 있는 눈치였다.

"생각나는 게 있습니까?"

"……토비크라는 이름, 들어본 것 같아요."

"정말이야? 무슨 책인지 생각났어?"

시노부는 성큼성큼 우리에게 다가왔다. 코 닿을 거리에서 뚫어지게 바라보는 그녀의 모습에 시오리코 씨는 당황한 듯 살짝 뒤로 물러났다.

"아, 아뇨. 그냥 들어본 것 같은 기분이 들어서요. 하지만……."

"하지만?"

나는 재촉하듯 물었다.

"전 책에서 읽은 정보는 대부분 기억하고 있거든요. 보통은 이름이 생각이 나면 제목도 같이 기억 나는 경우가 많아요. 그런데 이번에는 잘 안 되네요."

"몸이 안 좋은 건 아니고요?"

예전에 열 때문에 희귀한 고서의 정보를 떠올리지 못했던 일을 떠올리고 물어봤다. 그러나 그녀는 연신 고개를 저었다.

"오늘은 멀쩡해요……. 왠지 분하네요."

약속 시간이 다 되어서 우리는 현관으로 이동했다.

하지만 시노부는 좀처럼 초인종을 누르려 하지 않았다. 가족의 얼굴을 보는 게 영 껄끄러운 모양이었다.

"제가 누를까요?"

내가 말하자 그녀는 고개를 저었다.

"아니, 괜찮아."

시노부는 숨을 깊이 들이마셨다. 마음을 굳혔는지 손을 뒤로 젖힌 순간, 현관문이 열렸다.

머리가 벗겨지기 시작한 늙수그레한 남자가 얼굴을 내밀었다. 쳐진 눈에 둥근 얼굴이 시노부와 판박이였다.

"……어서 와라."

그는 시선을 돌린 채 중얼거렸다. 그다지 환영하는 분위기가 아니었다. 오히려 금방이라도 문을 닫아버릴 듯한 태도였다.

"엄마는요?"

시노부가 물었다.

"2층 안쪽 방에 있다. 올라가봐라."

나와 시오리코 씨가 인사하기 전에 남자는 안으로 들어가 버렸다. 집안에 들어서자 이미 그의 모습은 온데간데없었다.

"아버님이세요?"

시오리코 씨가 시노부에게 물었다.

"응, 엄마하고 달리 말이 없으셔. 나하고는 벌써 십수 년째 말도 안 해. 옛날부터 저랬어. 성격이 너무 다른가 봐."

운동화를 벗으며 시노부는 시원스러운 말투로 대답했다. 어머니와는 다른 의미로 친하게 지내지 못하는 모양이다.

"들어와. 이제 우리 집은 아니지만."

그녀는 하얀 이를 보이며 웃었다.

2층 안쪽 방은 원래 시노부의 방이었다고 한다. 반쯤 열린 문틈으로 들여다보니 새하얀 침대와 서랍장, 책상이 놓여있었다. 곡선이 눈에 띄는 화려한 디자인이라 다다미방에는 어울리지 않았다. 방은 호텔처럼 깔끔하게 정리정돈되어있었다.

의자에 앉아있던 흰 머리 여성이 일어나 우리를 보았다. 시노부처럼 얼굴이 둥글었지만 눈과 입이 부자연스럽게 커서 마치 연기하는 것처럼 표정이 뚜렷했다.

그 얼굴에 비웃음을 띄우며 여성이 말했다.

"어머, 네가 웬일로 정시에 왔니? 내일은 해가 서쪽에서 뜨려나."

목소리는 쉬었지만 젊은 사람처럼 발음이 또렷했다. 한눈에도 강한 성격에 기가 센 인물임을 알 수 있었다.

"저분이 네가 말한 고서점 분이니? 생각보다 젊으시네. 하긴, 너도 속은 어린애니까 잘 맞을지도 모르겠다."

느닷없이 독설이 날아왔다. 성격이 보통이 아닌 것 같다. 시노부의 얼굴은 벌써부터 일그러지고 있었다.

"이분들은 기타가마쿠라에서 오랫동안 고서점을 운영해 오신 분이야. 시노카와 씨와 고우라 씨."

"기타가마쿠라에서 여기까지 일부러 모셔왔다고?"

가시 돋친 목소리가 방 안에 울려 퍼졌다. 그녀는 어처구니가 없다는 듯 천장을 올려다보았다.

"폐를 끼쳐서 미안해요. 우리 애가 원체 생각이 없어서. 가와바타 미즈에라고 해요. 만나서 반가워요."

가와바타 미즈에는 자기 딸에게 태연하게 독설을 내뱉더니 정중하게 고개를 숙였다. 우리도 황급히 인사했다. 날선 말투에 놀랐는지 시오리코 씨의 시선이 불안하게 허공을 헤맸다.

"아무튼 저번에 통화했을 때 얘기한 책 말인데."

시노부는 퉁명스런 표정으로 말문을 열었다. 인내심이 한계에 다다르기 전에 볼일을 끝내려는 건지도 모른다.

"그래, 어릴 때 읽었던 책 운운했지."

가와바타 미즈에는 하얀 책상 밑에서 커다란 종이박스를 꺼냈다.

"네가 두고 간 물건 중에 책 비슷한 건 여기 있는 게 다야. 별 허섭스레기밖에 없지만."

미즈에는 코웃음을 치며 말했다.

나는 기분이 점점 나빠졌다. 입을 열 때마다 딸에게 모진 말을 하지 않으면 직성이 풀리지 않는 건가.

"열어봐도 됩니까?"

내가 묻자 시노부가 말없이 고개를 끄덕였다.

박스 안은 책으로 빼곡히 차있었다. 하지만 그 대부분은 교과서와 낡은 순정만화였다.

"일반 책은 없죠? 얘는 어릴 때부터 책이라면 질색했어요. 가끔 사다줘도 거들떠보지도 않았죠."

"사, 사다주신 책은 어디 있나요?"

그때까지 가만히 있던 시오리코 씨가 더듬거리며 물었다. 미즈에의 기에 눌린 것 같았다.

"오래 전에 처분했어요. 얘가 집을 나가기 전부터 창고에 처박아뒀거든요. 다른 물건은 몰라도 책은 다시 찾지 않을 거라 생각했어요. 그 안에 있었을지도 모르겠네요."

이야기에 귀를 기울이며 나는 확인차 내용물을 꺼내 박스를 구석구석 살폈다. 역시 아동서 종류는 한 권도 없었다. 하는 수 없이 교과서와 순정만화를 제자리에 넣으려던 순간, 『천방지축 아리짱』과 『핫 로드』 같은 만화책 사이에서 낡은 사진 한 장이 떨어졌다.

'가와바타'라는 문패가 걸린 문기둥 옆에 세일러복의 소녀와 남색 투피스 차림의 중년 여성이 찍힌 사진이었다. 중년 여성은 흰머리와 주름을 빼면 눈앞에 있는 가와바타 미즈에와 똑같았다.

문제는 여학생이었다. 탈색한 꼬불꼬불 파마머리에 바닥에 끌리는 긴 치마. 주머니에 두 손을 넣고 카메라를 똑바로 노려보고 있다.

드라마에 나올 법한 옛날 '불량소녀'였다. 만화나 드라마가 아닌 현실에도 이런 사람이 있었을 줄이야.

'……어?'

화장 때문에 알아보지 못했는데, 자세히 보니 생김새는 사카구치 시노부와 비슷하지 않나?

아니, 비슷한 게 아니라 시노부 본인이다.

"어, 어머! 그 사진 이리 줘!"

시노부는 사진을 낚아채더니 힘껏 구겨 코트 주머니에 넣었다.

"창피해 죽겠네……. 둘 다 못 본 걸로 해줘."

그녀는 얼버무리듯 어색하게 웃었다. 본인은 잊고 싶은 과거인 모양이었지만, 어머니가 치명타를 날렸다.

"고등학교 입학식 사진이지? 얘는 중학교에 입학하고 나서부터 계속 이런 꼴로 다녔어요. 정말 못 말리는 애였죠."

미즈에는 우리를 보며 자랑이라도 하듯 밝은 목소리로 말했다.

"밤마다 요코하마 역 주변을 어슬렁거렸죠. 고등학교 1학년 때던가? 자판기에서 맥주를 사다가 그 자리에서 단속에 걸렸잖아."

"그때는 선배가 사오라고 해서 어쩔 수 없었단 말이야. 내가 좋아서 산 게 아니라고. 그때도 입이 닳도록 말했잖아."

"누가 시킨다고 사오는 게 멍청하다는 거야. 어쨌든 너도 술 좋아하잖아. 저번에 차이나타운에서 만났을 때도 분위기에 휩쓸려 잘도 마시더구나."

"난 술 끊은 지 오래야. 엄마야말로 사오싱주를 병으로 시켰으면서."

"두 달이 오래된 거니? 넌 그날 아주 기분이 날아가더라.

네 남편은 무뚝뚝한 얼굴로 시종일관 아무 말도 안 해서 어찌나 불편했는지. 조개처럼 입 다물고 있다 간신히 말문이 트였다 했더니, 한다는 소리 하곤."

쾅.

시노부가 옆의 벽을 손바닥으로 후려쳤다. 방 전체가 흔들린 듯한 충격이 느껴졌다.

"난 몰라도, 우리 자기를 함부로 말하면 가만있지 않을 거야!"

미즈에도 그 모습에는 기가 죽은 듯 입을 다물었다.

"……시노부 씨가 찾으시는 책에 관해 아시는 게 없나요?"

시오리코 씨가 나지막한 목소리로 물었다.

나는 그 옆모습을 힐끗 보았다. 기분 탓일지도 모르지만, 표정이 딱딱하게 굳어있는 것처럼 보였다. 아까까지와도 분위기가 다르다.

"토비크라는 이름의 개가 나오는 책이에요. 책을 읽은 시기는 이 댁에서 개를 키우기 조금 전이었고요."

"아, 그 멍청한 개?"

미즈에는 진저리를 쳤다.

"책에서 따온 이름이었군. 어쩐지 부르기 어렵다 했네. 글쎄요."

방 안은 침묵에 휩싸였다. 난방기기가 없어서인지 숨을 쉴 때마다 하얀 입김이 나왔다.

시노부의 어머니는 기억을 더듬듯 방을 한 바퀴 둘러보더니, 이내 고개를 저었다.

"모르겠네요."

"아버님께서도 모르시나요?"

"아까 물어봤는데 모른다고 했어요. 그 당시에는 바빠서 거의 집에 없었거든요. 아이가 읽은 책을 알 리가 없죠."

"그렇군요."

시오리코 씨의 얼굴에 실망한 기색이 역력했다.

여기까지 왔지만 결국 실마리가 될 만한 것은 하나도 찾지 못했다. 책에 얽힌 수수께끼를 푸는 데는 뛰어난 재능을 보이는 시오리코 씨도 이번만큼은 속수무책인 것 같았다. 그도 그럴 것이, 책 제목을 아는 사람조차 없다.

"죄송합니다. 당장은 찾지 못할 것 같네요. 저희도 알아볼게요."

시오리코 씨가 고개를 숙였다. 시노부는 그녀의 어깨를 두드리더니 하얀 이를 보이며 싱긋 웃었다.

"사장님이 뭐가 미안해요, 내가 미안하지. 여러 모로 고마워요. 나도 느긋하게 찾아볼게요. 아직 시간은 많으니까."

"수십 년 전에 읽은 책을 단서도 없이 무작정 찾는 게 말이 되니?"

미즈에는 의기양양한 얼굴이었다.

"그렇게 중요한 책이라면 잘 보관해뒀어야지. 이런 하찮은 일로 다른 사람에게 폐를 끼치지 마. 정말이지, 너란 애는 옛날부터 멍청해 빠졌어."

'멍청하다'는 말을 특히 강조했다.

실내 공기가 더욱더 싸늘해진 것 같았다. 시선을 느끼고 뒤를 돌아보니 아까 현관에서 만난 시노부의 아버지가 복도에 서있었다. 그는 걱정스런 눈빛으로 우리를 보았지만, 상황이 이런데도 부인과 딸을 중재하려 하지 않았다. 다른 사람들은 그의 존재를 알아채지 못한 것 같았다.

"나 갈래. 볼일도 끝났으니까."

사카구치 시노부는 깊게 한숨을 내쉬며 중얼거렸다. 꽉 쥔 주먹이 눈에 들어왔다. 간신히 자제심을 유지하고 있는 것 같았다.

나도 박스 뚜껑을 덮고 일어났다. 이런 집에는 오래 머물고 싶지 않다.

"어머, 그래. 너희 무서운 남편한테 안부나 전해주렴."

시노부의 관자놀이에 불끈 핏줄이 튀어나왔다. 입에서 불이라도 뿜는 거 아닐까 싶은 기세로 어머니를 돌아본 순간.

"어머님!"

생각지도 못한 데서 목소리가 들렸다.

시오리코 씨였다.

"하찮은 일이 아니에요."

"뭐라고요?"

"잃어버린 책을 되찾으려는 마음은 하찮지 않아요. 정정해주세요."

그 모습을 보고 확신했다. 시오리코 씨는 화를 내고 있는 것이다. 가와바타 미즈에에게.

"그게 대체 무슨 말씀이신지?"

미즈에는 곤혹스런 미소를 지으며 물었다.

나는 시오리코 씨가 왜 화를 내는지 알 것 같았다. 그녀 역시 몰래 찾고 있는 책이 있으니까. 과거 그녀의 어머니가 집을 나갈 때 두고 간 『크라크라 일기』를.

"왜 개집을 지금도 그대로 두시는 거죠?"

시오리코 씨는 간발의 틈을 두지 않고 말을 이었다. 미즈에의 말에 자극받아 '변신' 한 것 같았다.

하지만 나는 잘 이해가 가지 않았다. 웬 개집 얘기?

"개가 없어지고 나서는 쓸 일이 없었을 텐데요. 아닌가요?"

"그건 그래요. 그게 뭐 어쨌다고?"

"개가 없어진 지 한참이 지났는데 개집은 아직도 깨끗했어요. 언제 돌아와도 다시 쓸 수 있도록. 그런 마음이 아니었나요? 돌아오기를 바라니까."

가와바타 미즈에의 얼굴에서 조금씩 웃음기가 사라졌다. 몸 어딘가 욱신거리기라도 하는 듯 미간을 찌푸리고 있었다.

"돌아왔으면 좋겠다는 생각까지는 안 해요. 그저 버리기 꺼림칙했을 뿐이죠. 누구나 그런 경험은 있을 거예요."

"버리지 못한 건 개집뿐인가요?"

이제 미즈에의 얼굴에서는 표정이 완전히 사라져있었다. 그녀는 자신의 딸을 힐끗 보았다.

"모두 이 집에서 나가주세요. 지금 당장."

쥐어짠 듯 쉰 목소리로 그렇게 말했다.

5

사카구치 시노부를 즈시 역에서 내려준 뒤, 나와 시오리코 씨는 비블리아 고서당으로 돌아왔다.

이미 해가 저물기 시작한 시간이었지만, 주차장에 차를 세우고 시오리코 씨를 따라 안채로 향했다. 할 이야기가 있다는 걸 알았기 때문이다.

멀리서 철도 건널목의 경보가 희미하게 들렸다.

우리는 거실에 놓인 둥근 테이블을 마주하고 앉았다. 도코노마와 툇마루가 있는 고풍스러운 공간인데, 작년에 바꿨다는 대형 액정 텔레비전과 DVD 플레이어가 왠지 모를 위화감을 주었다.

요즘에는 안채에 들어와도 그다지 긴장이 되지 않았다. 한때는 되도록 발을 들여놓지 않으려 애썼지만, 얼마 전부터 지나치게 신경 쓰지 않기로 했다. 시노카와 자매가 함께 차를 마시거나 식사를 하자며 초대하는 일이 많아졌기 때문이다.

"그런 식으로 말하려던 건 아니었어요."

시오리코 씨는 침울한 목소리로 말했다.

가와바타의 집에서 쫓겨난 뒤로 지금까지 자신의 발언을 반성한 눈치였다.

"제가 불에 기름을 부은 꼴이에요. 시노부 씨와 어머님의 다툼을 막아달라고 사카구치 씨가 부탁까지 하셨는데."

"저는 차라리 잘됐다고 생각합니다. 제 생각에 그 모녀는 다툴 수밖에 없어요."

결국 책 찾는 일은 실패로 끝났지만, 돌아오는 길에 시노부는 의외로 차분한 모습을 보였다. 어머니에 대한 불만도 거의 입에 담지 않았다.

"그때 한 말은 우리가 있었던 시노부 씨 방에 대한 이야기였죠?"

개집과 마찬가지로 시노부의 방도 그대로 보존되어 있었다. 가와바타 미즈에는 딸이 남긴 물건을 '허섭스레기'라고 부르면서도 버리지 않았다. 문제의 책은 처분했다고 했지만, 굳이 내다버린 게 아니라 딸이 집을 나가기 전부터 창고에 처박아둔 채였기 때문이리라.

딸이 돌아오기를 간절히 바라지는 않지만, 물건을 버리기는 싫다는 심리. 혹시라도 돌아오면 다시 품을 마음이 있다는 뜻은 아닐까?

어머니의 동요를 목격한 시노부는 그 사실을 알아챘으리라.

"사카구치 씨의 말이 맞았네요."

사카구치 마사시는 시노부 모녀가 내심 화해할 계기를 찾고 있다고 보았다.

딸에게 멍청하다고 악담을 하는 가와바타 미즈에가 수십 년 동안 딸의 물건을 버리지 못한 것처럼, 어머니 꼴도 보기 싫다고 했던 시노부도 복잡한 감정을 품고 있을지도 모른다.

"어머님에 대해서는 사카구치 씨의 짐작이 맞다고 생각해요. 하지만 시노부 씨는 좀……."

순간 시오리코 씨는 말을 멈추고 부엌으로 통하는 장지문을 힐끗 보았다.

"왜 그래요?"

그녀는 집게손가락을 세우며 나에게 쉿, 하는 시늉을 했다. 다리를 옆으로 눕힌 자세로 장지문 앞까지 이동해 단번에 문을 열었다.

교복 차림의 시노카와 아야카가 문에 귀를 대고 있었다. 누가 봐도 우리 이야기를 엿듣는 자세였다.

"으악!"

아야카는 문 열리는 소리에 놀라 펄쩍 뛰었다. 들고 있던 잔에서 우유가 쏟아질 뻔했다. 지금 막 집에 돌아왔는지, 책가방을 메고 있었다.

"아야카, 이제 왔니?"

시오리코 씨가 차가운 목소리로 말했다.

"어? 아, 응. 다녀왔습니다……."

"우유를 마실 거면 가방이라도 내려놓고 마시지."

웬일로 시오리코 씨는 타이르듯 말했다. 아야카는 겸연쩍은 듯 문지방을 넘어 책가방을 내려놓더니, 바닥에 정좌했다. 표정은 얌전했지만 우유를 한 모금 마시는 걸 잊지 않았다.

"남의 이야기를 엿듣는 건 좋지 않아."

"응, 미안해. 오늘 동아리가 일찍 끝나서 집에 왔거든. 우유나 마시려고 냉장고를 열었는데 언니랑 고우라 오빠 목소리가 들려서. 아, 하지만 처음부터 끝까지 다 듣지는 못했어."

"어디서부터 들었는데?"

내가 그렇게 묻자 아야카는 다시 우유를 한 모금 마셨다.

"시노부 씨 남편 분이 중재해달라고 부탁했는데, 시노부 씨하고 어머니가 싸웠다는 얘기랑 시노부 씨 남편 분의 이야기도 맞는 데가 있다는 거밖에 못 들었어."

유감이지만 그쯤 들었으면 전부 들은 거다. 밖에 누가 있는지 확인하지 않은 우리에게도 잘못이 있지만.

"아무한테도 말하지 않을 거니까 걱정 마, 정말이야! 요즘은 꽤 입이 무거워졌단 말이야."

'요즘은'이라는 말이 오히려 불길하게 들렸다. 시오리코 씨가 '아야카는 뭘 숨기지 못하는 성격'이라고 말한 적 있다. 그 말대로였다.

"어쨌든 아무한테도 말하면 안 돼."

"응, 알았어……. 미안해."

아야카는 포니테일로 묶은 머리칼을 흔들며 고개를 끄덕이더니 뒤로 물러나 문을 닫았다. 우리는 발소리가 멀어질 때까지 기다렸다.

"아무튼 아까 하던 얘기 말인데요."

시오리코 씨는 오른쪽 다리를 눕힌 채 내 앞으로 다가왔다.

무릎이 닿을 정도의 거리에서 그녀의 두 눈동자가 안경 너머로 나를 올려다보았다. 여전히 화장기 없는 얼굴이다. 방금 전까지는 거의 의식하지 못했던 머리카락과 살 내음에 숨이 막혔다. 아마 향수 냄새는 아닐 것이다.

"왜, 왜 이렇게 가까이 붙으세요?"

"아야카가 또 엿들을 수도 있잖아요."

그녀는 비밀 이야기를 하듯 속삭였다. 그야 그렇지만, 이 자세로는 내가 불편한데.

"책을 찾을 단서와는 상관없지만, 그 댁에서 조금 마음에 걸리는 점이 있었어요."

"네?"

"시노부 씨가 '아직 시간은 많으니까'라고 했던 거 기억하세요?"

"그러고 보니 그랬죠."

별생각 없이 흘려들은 말이었다.

"책을 낭상 찾지 못해도 괜찮다는 뜻 아닙니까?"

"하지만 잘 생각해보면 기한이 설정되어있다는 뜻이 돼요."

"아……, 그렇구나."

듣고 보니 그랬다.

시노부는 언제까지 찾아야 한다는 기한 같은 건 전혀 언급하지 않았다. 그저 무슨 책인지 궁금해서 찾고 있다고만 했을 뿐이다.

"왜 그런 말을 했을까요?"

"짐작 가는 건 있지만, 아직은 확실하지 않아요."

그녀는 내 가슴을 향해 고개를 숙였다. 머리카락 끝이 내 무릎에 닿았다.

위험하다. 간신히 이성을 붙들고 있지만, 더 이상은…….

고개를 숙인 시오리코 씨에게서 눈을 돌렸다. 아야카가 놓고 간 책가방이 보였다. 손잡이에 액세서리가 여러 개 달려있었다.

액세서리 중 귀가 커다란 원숭이 인형이 달린 열쇠고리가 눈에 들어왔다. 아니, 원숭이가 아니라 새끼 곰인가?

일전에 만났던 고스가 나오가 가지고 있던 카드 지갑에도 같은 캐릭터가 있었다. 이름은 몰라도 요즘 유행하는 모양이다.

"왜 그러세요?"

내가 무엇을 보는지 궁금했는지 시오리코 씨도 책가방을 돌아봤다. 별것 없지만…….

"아뇨, 저 가방에 달린 원숭이 같은 캐릭터가 뭘까 해서요."

동요한 탓인지 머릿속에 떠오른 생각이 그대로 튀어나왔

다. 시오리코 씨도 관심이 생긴 듯, 안경을 올려 쓰며 가방을 가만히 응시했다.

"아, 저 갈색 캐릭터 말이군요. 정초에 아야카가 보던 DVD에 나온 걸 봤어요. 이름이 뭐더라?"

확실히 생각나지 않는 모양이다.

시오리코 씨의 이런 반응은 신선했다. 생각해보면 그녀의 지식은 주로 책에 관련된 것들이다. 문장이 아닌 다른 것에는 그 뛰어난 기억력도 적용되지 않는 모양이다.

그때 장지문이 휙 열렸다. 아야카였다. 운동복으로 갈아입은 모습이다.

"미안, 가방을 두고 가서. 아, 정말 미안해."

무릎을 맞대고 있는 우리를 보고 아야카는 후다닥 고개를 돌리며 눈을 감았다.

딱히 봐선 안 될 일을 하고 있던 게 아니라고.

"이제 방해하지 않을 테니까 걱정 마. 그럼 편히 일 보시길."

여관 종업원 같은 말을 남기고, 아야카는 가방을 챙겨 장지문을 닫으려 했다.

"아야카, 잠깐만!"

시오리코 씨가 다급히 동생을 불렀다. 거의 닫혔던 문이 도로 반쯤 열렸다.

"그 가방에 달린 갈색 원숭이, 이름이 뭐니?"

아야카는 자기 가방을 들여다보더니 문제의 캐릭터를 집어 들었다. 잘 보니 곁에 작은 강아지 인형이 같은 열쇠고리에 달려 있다. 한 세트인 것 같다.

"이거? 이건 '체브라시카'야. 러시아 인형 애니메이션 주인공."

체브라시카? 들어본 것 같기도 하고.

"나오가 DVD를 빌려줬거든. 아주 옛날 영화인데, 정말 마음에 들었어. 귀엽지만 왠지 쓸쓸한 느낌이. 이번에 신작을 개봉해서 나오랑 같이 보러갔고."

그제야 이해가 갔다. 일전에 고스가 나오가 체브라시카 카드 지갑을 가지고 있던 건 팬이었기 때문이다. 둘이서 그 신작이라는 걸 보러 가는 길이었으리라.

"신작도 좋았어! 이 열쇠고리는 그때 산 거야. 이 개도 귀여웠고."

아야카는 체브라시카 옆에 달린 개를 톡 건드렸다.

"얘는 토비크라고, 체브라시카의 친구인데……."

"토비크?!"

나와 시오리코 씨가 동시에 외쳤다.

"어, 응. 왜 그렇게 놀라?"

"혹시 주인이 버린 개야?"

시오리코 씨가 물었다.

"그랬던가? 어쨌든 얘는 길가에서 울고 있었는데, 체브라시카와 친구들을 만나서 사자랑도 친구가 돼."

당황스러운 기색이 역력한 아야카의 대답을 듣고 우리는 서로를 마주봤다.

개가 사자와 친구가 된다. 주인공은 따로 있다. 사카구치 시노부의 이야기와 일치한다. 그녀가 읽은 건 그 영화의 원작이든지, 영화를 소설화한 것이리라. 시오리코 씨의 기억이 애매했던 건 책이 아니라 영화였기 때문이다!

이제 알아보기만 하면 시노부가 찾는 책을 찾을 수 있으리라.

"왜 그러세요?"

책의 수수께끼는 풀렸다. 어찌된 영문인지 시오리코 씨의 표정이 어두웠다.

"아뇨. 책은 찾았지만, 뭔가……."

더는 말하려 하지 않았다.

풀리지 않은 수수께끼가 남아있는 모양이다.

6

사카구치 부부와 만난 건 그로부터 일주일 뒤였다.

시오리코 씨는 사카구치 시노부가 찾는 책을 금세 알아냈지만, 실물을 찾아서 입수할 때까지 상당히 시간이 걸렸다. 고서점 통신판매 사이트나 인터넷 옥션에는 없어서, 아동서를 전문으로 취급하는 고서점에 문의해 간신히 찾아냈다.

"원래 아동서는 고서 시장에 잘 나오지 않아요."

시오리코 씨가 말했다.

"독자층이 아이들이니까 보존 상태가 좋은 게 별로 없거든요. 버리는 경우도 많고요."

애초에 아동서를 취급하는 고서점이 얼마 없기 때문에 책 제목을 알아도 찾을 확률이 낮다는 이야기다. 이번에는 운이 좋은 경우란다.

책이 도착하기를 기다리는 동안 나는 《체브라시카》의 DVD를 빌렸다. 봉제 인형 같은 아기자기한 캐릭터들이 대문짝만하게 찍힌 패키지를 빌리는 게 부끄러웠지만 꼭 내용을 알고 싶었다.

"덩치는 산만 한 게 이런 걸 빌려? 정말 안 어울린다."

어머니에게 한소리 들으며 집에서 DVD를 보았다. 그러는 중 어느새 옆에 어머니가 앉아 말없이 화면을 들여다보고 있었다.

DVD는 전부 4편이었다. 사카구치 시노부가 찾는 원작은 첫 번째 이야기에 해당했다.

무대는 아마 러시아의 어느 도시다. 이야기는 아프리카에서 온 짐에 정체불명의 동물이 실려 오는 데서부터 시작한다. 제대로 앉지 못해 금방 고꾸라지는 까닭에 '푹 고꾸라지다' 라는 뜻의 체브라시카라는 이름이 붙었다.

키워줄 사람도 없어 공중전화 박스에서 살지만, 친구를 모집하는 고독한 악어 게냐와 친해진다. 토비크와 사자도 그 모집에 응해 찾아온 외톨이들이다.

그들은 외톨이들이 함께 사는 '친구의 집'을 만들기로 한다. 심술쟁이 사포크리악 할머니의 방해에도 끄떡하지 않고 힘을 합쳐 작업하는데, 집을 완성했을 때에는 모두 친해져서 '친구의 집'은 필요 없어진다.

결국 그 집은 유치원에 기부하기로 하고, 사포크리악과도 화해하는 데서 첫 번째 이야기가 끝난다.

캐릭터도 귀엽고, 좋은 영화인 건 알겠지만 체브라시카와 친구들이 하는 일이 하나도 보답 받지 못하는 게 마음에 걸렸다. 다들 밝게 행동하지만 어딘가 짙은 그늘이 드리워진 것 같아서 가슴이 답답했다.

사카구치 부부에게는 폐점 시간이 지난 뒤에 비블리아 고서당으로 오라고 연락해두었다.

하루 매상 정산이 끝날 즈음 사카구치 시노부와 그녀의

어깨에 손을 올린 사카구치 마사시가 들어왔다.

"사장님, 고우라 씨, 잘 있었어?"

여느 때처럼 웃는 얼굴로 인사를 건네고 나서 그녀는 먼저 온 손님의 존재를 알아챘다. 둥근 얼굴의 늙수그레한 남자가 진열장을 등지고 서있었다.

"……아빠."

시노부는 목멘 목소리로 말했다. 그녀의 아버지인 가와바타였다.

"여긴 웬일이야?"

"네가 찾는 게 무슨 책인지 궁금해서."

아버지는 우물거리며 대답했다. 무뚝뚝하다기보다는 말주변이 없는 것 같았다.

며칠 전, 비블리아에 전화했을 때도 딸이 찾는 책을 알려달라는 소리만 반복했었다. 책을 찾았고, 시노부에게도 연락했다고 말하자 그 자리에 가도 되겠느냐는 말을 꺼냈다. 딸을 만나고 싶었던 것이겠지만, 끝까지 책 이야기만 했다.

"나한테는 이런 말 한마디도 안 했잖아요."

시노부는 나와 시오리코 씨를 불만스레 흘겨보았다. 그녀는 아버지와도 딱히 사이가 좋지는 않았다. 오랫동안 제대로 대화한 적도 없다고 들었다.

"나한테 연락했었는데 깜빡했어. 미안해."

사카구치가 조용히 말했다. 일부러 전하지 않은 것이리라.

시노부도 더는 추궁하지 않고 시오리코 씨를 보며 말했다.

"아무튼 정말로 찾았어요? 내가 읽었던 그 책."

"네. 틀림없어요. 통화했을 때 말씀드렸지만, 《체브라시카》라는 인형 애니메이션의 원작인데……."

"아, 그거. 사장님한테 얘기 듣고 우리도 찾아서 봤어요. 엄청 귀엽더라고!"

시노부는 코트 주머니에서 휴대전화를 꺼내 계산대에 올려놓았다. 오렌지를 껴안은 체브라시카 인형이 달려있었다.

"이것도 샀어요. 귀엽죠!"

"아, 네."

시오리코 씨는 애매하게 웃었다. 이런 귀여운 팬시상품에는 그다지 관심이 없는 것 같다. 시노부는 인형의 큰 귀를 집으며 말했다.

"하지만 이건 내가 기억하는 체브라시카와 전혀 달라. 아마 뭔가 착각했나 봐요."

나도 그 점이 마음에 걸렸다. 시노부가 그린 검은 너구리 그림과 이 인형은 하나도 닮지 않았다. 착각이라고 할 수도 없는 수준이었다.

"아뇨, 착각이 아니에요. 시노부 씨가 그려주신 그림에는 또렷한 특징이 있었어요."

"어? 그래도……."

"이걸 보세요."

시오리코 씨는 계산대 밑에서 책 한 권을 꺼냈다.

우스펜스키의 『체브라시카와 친구들』, 출판사는 신도쿠샤. 이주인 도시타카 옮김. 파란 표지 한가운데에 그려진 기린이 제목이 적힌 간판을 물고 서있었다. 주변에는 원숭이와 악어, 새까만 너구리 같은 동물이 있었다.

"아, 이거야! 이 책이었어. 내가 그린 그림이 바로 이거예요!"

시노부는 까만 동물을 가리키며 말했다. 얼굴은 새끼 곰이었지만, 너구리처럼 긴 꼬리가 달려 있었다. 시노부가 그린 그림과 똑같았다.

"이게 체브라시카입니까?"

내 질문에 시오리코 씨는 고개를 끄덕였다. 이건 이거대로 정체를 알 수 없었지만, 아무튼 달라도 너무 달랐다. 이 둘을 보고 같은 캐릭터라고 생각하는 사람은 없겠지.

"왜 이렇게 다르죠?"

"알아봤더니……."

시오리코 씨는 그렇게 운을 뗐다. 나와 사카구치 부부는 계산대 주변에 서서 그녀의 이야기에 귀를 기울였다.

"동화작가 에두아르드 우스펜스키가 1966년에 『체브라시카와 친구들』, 원제는 『악어 게냐와 친구들』이지만, 여하튼 이 이야기를 발표했을 당시엔 아직 체브라시카의 디자인이 확정되지 않았다고 해요. 이 책의 삽화는 1960년대 중반에 아르페프스키란 사람이 그렸어요."

"그럼 디자인은 언제 정해진 겁니까?"

"애니메이션 1화가 공개된 1969년 이후에요. 당시 감독이었던 로만 카차노프와 미술 스태프였던 레오니드 슈왈츠만이 서로 상의해 만들어냈다고 해요."

그렇게 영화화를 통해 캐릭터의 모습이 확정되었다는 얘기다. 소설 삽화의 체브라시카도 개성이 느껴져서 내가 보기엔 괜찮았다.

"흠, 1969년이면 내가 태어나기 전이네. 이 책도 그전에 나온 거야?"

시노부가 물었다.

"아뇨. 번역본이 출판된 건 1976년이에요."

"그럼 애니메이션이 제작된 뒤잖아."

"분명히 당시 애니메이션《체브라시카》는 2화까지 제작됐어요. 하지만 구소련의 애니메이션이 상영될 기회는 거의 없었기 때문에 일본에서는 작품 자체가 거의 알려지지 않았어요. 영화판 디자인을 채용할 이유가 없었던 거죠."

한마디로, 이 일본어 번역본은 영화와 상관없이 우스펜

스키라는 동화작가의 작품으로 출판된 것이다.

"이 책은 절판되었지만, 2001년에 같은 출판사에서 신판이 나왔어요. 커버는 영화판과 같은 디자인의 체브라시카가 그려진 걸로 교체됐지만 본문 삽화는 이 책과 같아요."

"그럼 지금도 서점에서 살 수 있어?"

시오리코 씨는 고개를 끄덕였다.

"그랬구나."

사카구치 시노부는 『체브라시카와 친구들』을 들고 책장을 넘겼다.

"와, 옛날 생각난다. 책은 애니메이션하고 내용도 좀 다르네. 동물원에서 도망친 코뿔소가 마을을 휘젓고 돌아다니는 얘기도 있었어."

시노부는 펼친 페이지에 얼굴을 들이대고 환하게 웃었다. 어릴 적에도 이런 표정으로 이 책을 읽었을지도 모른다.

"가와바타 씨."

시오리코 씨가 불쑥 시노부의 아버지를 불렀다. 그는 혼자 거리를 두고 머뭇거리며 서있었다.

"괜찮으시면 같이 보실래요?"

조금 망설이는 듯했지만, 가와바타는 주머니에서 돋보기를 꺼냈다. 시노부는 말없이 아버지에게 책을 건넸다. 잠시 책장을 넘기는 소리만 울려 퍼졌다.

"단짝의 집이 이거였구나."
"무슨 소리에요?"
"개집에 붙여놨잖니, '단짝의 집'이라고."
가와바타는 책을 딸에게 보여주었다.

단짝의 집이 생겼습니다.
친구를 만들고 싶은 사람들은 모두 오세요.

나는 가와바타의 집에 있던 개집을 떠올렸다. 아마 영화에 나온 '친구의 집'을 말하는 것이리라.
외톨이들이 모이는 집. 모두 힘을 합쳐 집을 지었지만 결국 쓸모없어진 집. 토비크와 마찬가지로 이 이야기에서 따온 이름이었던 것이다.
"네, 이 책에서 따왔어요."
시노부의 목소리는 묘하게 밝고 건조했다.
"그 얘기, 처음 묻네요. 아빠는 나하고 말도 하지 않았고, 엄마는 항상 혼내기만 했으니까. 우리 집에서 내가 무슨 생각을 하는지 아는 사람은 아무도 없었어요."
나는 숨을 삼켰다.
버려진 개를 주워다 외톨이들이 모이는 '단짝의 집'에서 키우던 시노부. 그 마음이 어땠는지 절절하리만치 전해졌다.

"내가 있을 '단짝의 집'이 필요했어요……. 그래서 고등학교를 졸업하자마자 집을 나간 거고요. 그 집에 있는 건 끔찍했어요. 구역질이 날 정도로."

"시노부?"

사카구치가 작게 말을 걸었다.

시노부는 새하얗게 질려 있었다. 친정에 갔을 때처럼 속이 울렁거리는 건가.

"괜찮아요. 이제 와서 그때 일로 화를 내진 않아요. 나도 엄마 말은 귓등으로도 듣지 않았고, 토비크도 내 마음대로 주워 와서 안 된다는데도 집에서 키웠으니까. 집에 폐도 많이 끼쳤고, 바보처럼 굴었던 것도 인정해요."

"옛날부터 누누이 하던 말인데."

사카구치가 굳은 목소리로 말했다.

"당신은 바보가 아니야. 내가 보증할 수 있어."

"……고마워."

시노부는 미소 지었다.

가와바타는 조용히 돋보기를 벗고 책을 딸에게 돌려주었다. 그 눈빛은 어딘가 공허해 보였다.

"네 말대로 나는…… 너에 대해 잘 모른다."

"그렇겠죠. 지금까지 제대로 얘기한 적도 없으니까. 아빠는 거의 집에 없었고, 일도 바빴죠."

"그게 아니다."

그는 조용히 부정했다.

"내가 너를 피했다. 무서웠거든."

"네?"

시노부의 눈이 휘둥그레졌다.

"넌 나나 너희 엄마와는 성격도, 가치관도 너무 달랐어. 특히 네가 중학교에 들어간 무렵부터 널 어떻게 대해야 하는지 도무지 갈피를 잡을 수가 없더구나. 그건 너희 엄마도 마찬가지야. 대화하는 방법이라고는 그저 깎아내리는 것밖에 몰랐지. ……지금도 마찬가지고."

그의 솔직한 고백이 그저 놀라울 따름이었다. 시노부는 얼굴을 찌푸리고 고개를 홱 돌렸다.

"엄마 속마음이 그렇다고요? 내 얼굴만 보면 바보, 멍청이라는 소리밖에 안 하는 사람인데?"

"시노부 씨."

시오리코 씨가 조용히 입을 열었다.

"그 개집을 생각해 보세요."

시노부는 입을 다물었다.

가와바타 미즈에는 개집을 버리지 않았다. 개집뿐 아니라 집을 나간 딸의 물건도.

"엄마를 다시 한번 만나봐라."

가와바타는 그제야 딸과 눈을 맞추며 말했다. 긴장했는지 훤한 이마에 땀이 송골송골 맺혔다.

시노부는 순순히 받아들이지 않았다.

"그 사람이 우리 자기한테 뭐라고 했는지 잊었어요? 본인이 머리 숙이고 부탁한 것도 아닌데 내가 왜 만나야 해요?"

"시노부, 아버님 말 들어."

사카구치의 낮은 목소리가 가게 안에 울려 퍼졌다.

"때와 장소를 가리지 못하고 행동한 내 잘못도 있어. 장모님이 놀라시는 것도 당연해."

나는 '너희 무서운 남편한테 안부 전하렴'이라는 가와바타 미즈에의 말을 떠올렸다. 그건 빈정대는 게 아니라……. 아니, 분명 그런 의도도 있었겠지만, 사실 '무섭다'는 건 본인의 솔직한 심정이 아니었을까.

"토비크가 집을 나갔을 때 일을 엄마한테 들은 적이 있니?"

가와바타가 갑자기 화제를 바꿨다. 순간 시노부는 당황한 표정을 지었다.

"내가 수학여행을 간 동안에 문을 수리했는데, 그 틈으로 나갔다고 들었어요. 워낙 멍청해서 자기 집이 어딘지 찾아오지 못했을 거라고요. 아니에요?"

"그건 사실이다. ……내 말은 너희 엄마가 계속 토비크를 찾아다녔다는 거다."

"네?"

"네가 돌아오기 전에 찾아야 한다면서 회사까지 쉬면서 찾아다녔다. 결국 찾지 못했지만, 그 뒤로도 쉬는 날에는 혼자 몰래 개를 찾았어. 지난 수십 년 동안 개집을 청소한 것도 너희 엄마다. 말은 험하게 하지만 그건 책임감이 강하기 때문이야. 결코 매정한 사람이 아니다."

시노부는 손에 든 『체브라시카와 친구들』을 내려다보았다. 뭔가를 확인하려는 듯 표지와 뒤표지를 몇 번이나 뒤집었다.

"······알았어요. 생각해볼게요."

그렇게 중얼거리더니, 시노부는 고개를 들고 계산대 안의 시오리코 씨를 보았다.

"책을 찾아줘서 고마워요. 얼마에요?"

시노부가 지갑을 꺼냈지만 시오리코 씨는 말없이 서있었다.

"사장님?"

"책값은 받지 않을게요."

"네? 왜요?"

나도 놀랐다. 다른 가게에서 구해온 책이라 돈이 들지 않은 건 아니었다. 큰돈은 아니었지만 공짜로 얻은 책은 아니다.

"그럴 순 없어요. 돈 낼게."

"아니에요. 이번에는 그냥 드릴게요. ······축하 선물로요."

지폐를 꺼내려던 시노부의 손이 움찔했다. 그녀는 난감한 표정으로 우리를 둘러보더니 시오리코 씨를 보며 살며시 웃었다.

"알고 있었어요?"

"역시 그랬군요."

나는 무슨 말인지 알아들을 수가 없었다. 시노부의 옆에 있는 사카구치도 의아한 표정이었다.

"어떻게 알았어요? 알려줘요."

"요즘에 생활방식이 바뀐 것 같으시니까. 담배와 술도 끊으셨고, 굽 높은 신발도 신지 않으신다면서요. 그리고 컨디션도 별로 좋지 않으신 것 같고요. 저희 어머니도 그런 적이 있어요. 제 동생을 가지셨을 때에요."

"아!"

저도 모르게 목소리가 튀어나왔다.

이제 알겠다! 시오리코 씨가 줄곧 신경 쓰던 건 바로 이거였다.

시노부는 계산대에 책을 내려놓고 진지한 표정으로 남편을 마주보았다. 선글라스 아래로 사카구치의 눈이 휘둥그레졌다. 그 역시 진상을 알아챈 모양이었다.

"자기야, 나 아기 생겼어."

나는 올초에 시노부와 만났을 때 나눴던 대화를 떠올렸다.

'담배 끊었어. 그게 낫겠더라고……. 이말 저말 많아서.'

담배 값 인상 때문이라고 생각했는데, 뱃속 아이에게 좋지 않은 영향을 주기 때문이었던 것이다. 처음부터 말 속에 힌트가 있었던 것이다.

"지금까지는 계속 안 생겼으니까 영영 안 생길 줄 알았어. 나이도 있어서 반쯤 포기했었고. 그런데 지난 몇 달 동안 자주 여행을 다녔잖아. 분위기 덕에 뜨거운 밤을 보냈더니……."

시노부는 두 손가락을 맞대고 몸을 배배 꼬았다. 고개를 끄덕이며 이야기를 듣던 시오리코 씨의 얼굴이 새빨개졌다.

"그, 그런 중요한 얘기를 왜 이제야 하는 거야."

사카구치가 간신히 입을 열었다. 웬일로 혀가 꼬인 것 같았다.

"자기는 본인 일만으로도 정신없잖아. 언제 말을 꺼내야 할지 고민했어. 말 안 해서 미안해. ……이 애, 낳아도 될까?"

시노부는 중대한 이야기를 태연하게 물었다.

굳게 다물고 있던 사카구치의 입이 더는 못 견디겠다는

듯 부르르 떨렸다. 분명 그의 마음속에서는 수만 가지의 생각이 오고 있으리라.

"내 아이라도 상관없으면 낳아줘."

항상 건조했던 그 목소리가 지금은 살짝 촉촉하게 느껴졌다.

"당신 말고 다른 남자 애를 낳고 싶다고 생각한 적은 없어. 바보 같긴."

시노부는 하얀 이를 보이며 웃었다.

그때 나는 어느새 가와바타가 계산대에서 물러나 있는 걸 알아챘다. 그는 어두운 서가 사이에서 우리에게 등을 돌리고 서있었다. 휴대전화로 누군가와 통화를 하는 것 같았다.

"이 책을 찾은 진짜 이유도 알겠네요?"

시노부는 시오리코 씨에게 물었다.

"네. 시노부 씨가 읽고 싶어서이기도 하지만, 언젠가 아이에게 읽어주고 싶은 책이라서 찾으신 거죠?"

"맞아요. 역시 사장님은 똑똑하다니까."

그래서 당장 찾지 못해도 '아직 시간은 많다'고 했던 것이다. 그 말대로 아이에게 책을 읽어주려면 아직 한참 기다려야 하니까.

때마침 통화를 마친 가와바타가 돌아왔다. 아무 일 없었다는 듯 계산대 근처로 다가온 걸 보고 시노부는 인상을 찌푸렸다.

"엄마하고 통화했죠?"

"그래."

가와바타는 순순히 시인했다.

"네가 몸이 안 좋아 보여서 너희 엄마도 걱정했다. 혹시 애가 들어선 게 아니냐고 했지. 계속 널 걱정했어. 그러니까……."

그러니까 어머니를 만나라고 말하고 싶은 것이리라. 우리는 숨을 삼키며 시노부의 대답을 기다렸다. 하지만 그녀는 뚱한 표정으로 고개를 돌렸다.

"그럼 자기가 직접 물어보면 되잖아요. 아빠한테 전화로 물어보다니, 정말 걱정하는 사람이 그럴 리가……."

가게 입구로 눈을 돌린 순간, 시노부는 말을 잇지 못했다.

커튼과 가게 문 너머에 누가 서있었다. 자그마한 여성의 실루엣. 누구인지 금방 알 수 있었다.

"같이 왔다. 기타가마쿠라 역까지."

가와바타는 겸연쩍은 듯 말했다. 밖에 있는 인물은 망설임 끝에 조심스레 문을 열고 커튼 사이로 모습을 드러냈다.

시노부의 어머니는 문을 등진 채 서서 커다란 눈으로 딸을 뚫어져라 바라보았다. 다른 사람에게는 눈길도 주지 않았다.

"병원에서 확실하게 검사한 거니?"

뜻밖에도 가시 돋친 목소리였다.

"했어."

"정말 낳을 생각이니?"

시노부는 고개를 끄덕였다. 미즈에는 어처구니가 없다는 듯 고개를 저었다.

"네 나이를 생각해야지. 늙은 남편 병 수발드는 것도 부족해서 갓난쟁이까지 생기면 얼마나 고생을 더 하려고 그래. 거기까지 생각한 거야?"

그렇지만 시노부는 꿈쩍도 하지 않았다. 아까보다 더 힘주어 고개를 끄덕였다.

"시노부."

"엄마, 난."

시노부는 망설이며 말문을 열었다.

"어릴 때 단짝의 집에 가고 싶어. 외롭지 않고 마음 편히 살 수 있는 곳. 이 사람하고 결혼해서 그런 집을 찾았어."

미즈에가 뭐라고 반박하려 했지만 시노부는 아랑곳하지 않고 말을 이었다.

"하지만 그것만으로는 부족했어. 이번에는 내가 누군가를 맞이해야 해. 왜냐면 난 이제 외로운 꼬마가 아니니까. 어른이 되어 조금은 강해졌으니까⋯⋯. 지금 우리 집에 오려는 아이를 절대로 내쫓지 않을 거야. 고생하는 게 나아."

가게 안이 쥐 죽은 듯 조용해졌다.

가와바타 미즈에는 딸에게 시선을 고정한 채 한동안 동상처럼 움직이지 않았다.

"……넌 정말 바보야."

그리고 이내 한숨을 내쉬며 남편에게 말했다.

"나 먼저 갈게요."

발길을 돌려 밖으로 나가는 미즈에를 보며, 역시 모녀가 화해하는 건 어려울지도 모르겠다고 생각했다. 침울한 공기가 퍼져나가려던 순간, 문을 닫으려던 미즈에가 딸을 힐끗 보며 말했다.

"조만간 집에 들러라. 네 남편도 같이."

지금까지와는 조금 다른 부드러운 목소리였다.

"앞으로 어떻게 살 건지 같이 얘기해보자꾸나."

宮澤賢治『春と修羅』――關根書店

03
봄과 아수라

미야자와 겐지

세키네쇼텐

미야자와 겐지 | 宮沢賢治, 1896~1933

일본의 시인, 동화작가. 농업 지도자로서도 활동했다. 향토색이 있으면서도 우주적이고 신비한 시와 동화를 다수 남겼다. 대표작은 『봄과 아수라』, 『은하철도의 밤』, 『주문이 많은 요리점』 등.

1

"늦었으니 내가 커피 살게."

다키노 렌조는 나타나자마자 그렇게 말했다.

약속 시간보다 겨우 5분 늦었을 뿐이다. 사양했지만 들으려 하지 않았다. 얼마 안 하니까 신경 쓰지 말라면서 버스 로터리 근처에 있는 커피 체인점에 들어갔다.

"이 동네는 역 근처에도 일찍 여는 카페가 얼마 없어."

우리는 바깥이 한눈에 보이는 창가 자리에 앉았다.

혼고다이에는 처음 왔는데, 도로가 다른 곳보다 널찍하고 역 앞에도 가게가 얼마 없었다. 새로 지은 맨션이 눈에 띄는 깔끔하고 환한 동네였다. 낡은 건물들이 다닥다닥 붙어있는 오후나와는 사뭇 다른 풍경이다.

이제 2월도 끝나가고 있다. 창밖으로 보이는 슈퍼 앞에 여러 명의 여자들이 추위에 떨며 개점을 기다리고 있었다. 금방이라도 눈발이 날릴 것 같은 날씨였다.

"쉬는 날에 갑자기 불러내서 미안해."

"딱히 볼일이 있던 것도 아니라 괜찮습니다. 바로 옆 동네고요."

나는 그렇게 말했다. 내가 사는 오후나와 혼고다이는 겨우 한 정거장 거리지만, 이 부근에는 친척이나 친구가 사는 것도 아니라 올 일이 없었다.

다키노에게 전화가 온 건 오늘 아침이었다.

이제야 바쁜 일이 끝났는데 시간 있으면 만나자고 해서 처음에는 당황했다. 그러다가 예전에 다음에 시간 날 때 시오리코 씨의 어머니에 대해 이야기해주겠다고 한 일이 기억났다.

그래서 다키노의 가게 근처인 혼고다이까지 이렇게 찾아온 것이다.

"요즘에 시노카와는 어때? 잘 지내? 아, 미안. 담배 피워도 돼?"

그는 담배를 꺼내 물며 생각난 듯 물었다. 나는 고개를 끄덕였다.

"잘 지냅니다. 다리도 많이 좋아진 것 같고요."

"그래, 잘됐네."

다키노는 딱 소리를 내며 라이터 뚜껑을 열고 담배에 불을 붙였다.

예전에 비해 시오리코 씨의 다리는 많이 회복됐다. 전처럼 걷지는 못해도, 언젠가는 지팡이 없이도 생활할 수 있을지도 모른다고 했다.

"별일 없고?"

"딱히 없습니다."

나는 의아해하며 대답했다. 아예 없는 건 아니었지만 말할 필요는 없다고 생각했다.

지난달에 사카구치 시노부의 책 찾는 일을 도운 뒤로, 시오리코 씨는 이따금 어머니 이야기를 꺼냈다. 이야기라 해도 '갑자기 없어져서 고생했어요'나 '자기 멋대로 사는 사람이었어요'처럼 분노를 입에 담을 뿐이었지만, 감정이 드러난 만큼 밝아진 느낌이 들었다. 수십 년 만에 제대로 된 대화를 하게 된 사카구치 시노부와 그녀의 어머니를 보고 뭔가 느끼는 점이 있었는지도 모르겠다.

"내가 말을 이상하게 했네."

다키노는 쓴웃음을 지으며 재떨이에 담뱃재를 털었다.

"시노카와를 찾는 손님이 늘어난 것 같지 않아? 안채에서 자주 누군가를 만난다든지."

"그런 건 못 봤는데요. 왜 그러십니까?"

내가 아는 한 그런 일은 없었다. 오늘처럼 가게가 쉬는 날에 일어난 일까지는 알 도리가 없지만.

"『민들레 소녀』 사건 때 좀 마음에 걸리는 게 있어서. 자네가 비블리아에 막 들어왔을 무렵이었을 텐데, 시노카와 손님에게 상담을 받지 않았어? 고서에 관련된 문제를 해결한다든지."

"네, 가끔 그런 일이 있었습니다."

"역시 그렇군. 가마쿠라에 출장 매입을 나갔을 때 손님한테 그런 얘기를 들었거든. 기타가마쿠라의 고서점에서 그런 의뢰를 다시 받기로 한 것 같다고. 그때는 크게 신경 쓰지 않았는데……."

다키노는 석연치 않은 표정으로 바닥을 향해 연기를 내뿜었다.

"다시? 전에도 그런 의뢰를 받았다는 겁니까?"

"아주머니가 계실 적에. 처음 들었나?"

나는 말없이 고개를 끄덕였다. 시오리코 씨에게도 들은 적이 없었다.

"나도 이 일을 시작하고 나서 풍문으로 들었을 뿐이지만, 도둑맞은 고서를 찾거나 그 비슷한 일을 여러 번 했나

보더라고. 범인을 찾아도 반드시 경찰에 신고하지는 않은 것 같지만."

다키노는 적당히 얼버무렸지만 나는 딱 짚이는 데가 있었다.

수십 년 전 도둑맞은 후지코 후지오의 만화 『최후의 세계 대전』 초판본. 시노카와 지에코는 그 책을 훔친 범인을 협박해 다른 귀한 초판본을 입수했다고 들었다.

"장사에 이용했다는 뜻이군요."

다키노의 표정이 살짝 굳어졌다. 내가 비블리아 고서당의 사정을 어느 정도 안다는 걸 알아챈 모양이다.

"그랬을 수도 있지."

줄어든 담배를 재떨이에 눌러 껐다.

"내 말은, 그런 소문이 퍼지면 질 나쁜 의뢰가 들어올 가능성이 생긴다는 뜻이야. 자네도 신경을 쓰는 게 좋을 것 같아. 시노카와가 위험한 일에 손대지는 않겠지만."

"……"

다자이의 『만년』 초판본을 지키기 위해 그녀가 벌인 일을 생각해보면, 다키노의 말처럼 낙관할 수 없다.

시오리코 씨 역시 무슨 수를 써서라도 원하는 책을 소장하고 싶다는 마니아 기질이 다분하다. 설마 범죄에 가담하지는 않겠지만, 어처구니없는 일을 저지를 위험성은 분명 있었다.

'어?'

불현듯 고개를 들었다.

"제가 들어온 무렵부터였다면, 그전에는 책에 관한 의뢰가 들어와도 받지 않았다는 겁니까?"

그건 그거대로 뜻밖이었다. 고서에 관한 일이라면 어디든 달려가는 줄 알았다.

"그럴 거야."

다키노는 그렇게 대답했다.

"아주머니와 같은 일을 하고 싶지 않았겠지. 애당초 시노카와는 책을 상대하는 건 잘해도 사람을 상대하는 데는 영 재능이 없으니까."

다키노의 말대로 가게에서도 책으로 벽을 쌓고 그 뒤에 숨어있는 사람이다. 그런 사람이 왜 달라진 것일까?

"자네를 만났기 때문인지도 몰라."

"네?"

"시노카와가 책 이야기를 하면 자네는 좋아라 듣겠지. 말주변이 없는 사람들에게는 그런 반응이 참 반갑거든. 자네와 더 이야기하고 싶다, 더 친해지고 싶다는 마음이 커져서 그런 의뢰에도 적극적으로 응하게 되었다······."

나는 침을 꿀꺽 삼켰다. 설마 그럴 리가?

아니, 그럴지도 모른다. 어릴 때부터 알던 다키노가 이렇게 말하는 걸 보면······.

"······는 거면 재미있겠네. 시노카와가 무슨 생각을 하는지는 모르지만."

그는 소리 내어 웃었다. 진지하게 들었는데, 나를 놀린 것이다.

"시오리코 씨의 아버님은 아내가 무슨 일을 하는지 아셨습니까?"

화제를 바꾸자 다키노의 얼굴에서 웃음기가 사라졌다. 그는 생각을 정리하듯 담배를 한 개비 꺼내 불을 붙였다.

"글쎄. 애초에 아주머니가 어떤 일을 했는지 정확히 모르지만, 그래도 자기 와이프가 하는 일인데 전혀 모르지는 않았겠지."

"도운 건 아니고요?"

나는 머뭇거리며 물었다. 그렇다면 『최후의 세계대전』을 찾았을 때 벌인 위험한 거래도 지에코의 독단이 아니라 가게가 관련되었을 가능성이 있다.

"모르겠어."

다키노는 고개를 저었다.

"하지만 아저씨는 좋은 뜻으로나 나쁜 뜻으로나 고지식한 사람이라 이상한 거래에 손을 댈 분은 아니었어. 그리고 과거에는 아주머니가 통신 판매를 담당했고, 물건을 들여오는 일도 거의 독자적으로 담당했다고 들었어. 어렴풋이 눈치는 챘지만 무슨 이유가 있어서 모르는 척 했던 게 아닐까."

나는 차갑게 식은 커피를 한 모금 마셨다.

비블리아 고서당에 관한 수수께끼는 늘어갈 뿐이었다. 시노카와 지에코는 비블리아 고서당에서 실제로 무슨 일을 했으며, 왜 집을 나갔고, 지금 어디에서 어떤 방법으로 우리 정보를 얻은 걸까?

"아, 내 정신 좀 봐."

뭔가 생각난 듯 다키노는 주머니에서 갈색 봉투를 꺼내 나에게 건넸다.

"자네한테 줄게. 뜯어봐."

시키는 대로 봉투를 뜯자 안에서 흑백 사진 한 장이 나왔다. 비블리아 고서당을 배경으로 가족으로 보이는 네 남녀가 찍혀있었다.

가장 먼저 눈에 들어온 건 회전식 간판 옆에 서있는 소녀였다. 길게 땋은 머리에 세이오 여학교의 중등부 교복이 잘 어울렸다. 세이오 여학교는 가마쿠라 시 외곽에 있는 기독교 계열 여학교다.

지금보다 덩치도 작고 말랐지만 소녀 시절의 시오리코

씨였다. 웃으라는 말을 들었는지 억지로 입꼬리를 올리려고 애쓰는 모습이 귀여웠다.

옆에는 시오리코 씨의 아버지, 비블리아의 전 주인이 서 있었다. 40대로 보였는데, 내가 기억하는 것보다 젊은 모습이었다. 각진 얼굴에 미소를 짓고 있었다. 그 옆으로는 비스듬히 서서 네다섯 살배기 여자아이를 안은 늘씬한 몸매의 키 큰 여자가 보였다.

이 사람이 시노카와 지에코다. 품에 안은 아이는 아야카겠지. 어머니의 목을 끌어안은 채 카메라를 보고 환하게 웃고 있었다. 아야카의 팔에 가려서 잘은 보이지 않았지만 지에코가 즐겁게 웃고 있는 건 알 수 있었다. 수수한 민무늬 블라우스와 스커트, 긴 머리는 지금의 시오리코 씨와 판박이였다.

"아주머니가 집을 나가기 전년에 내가 찍은 사진이야. 그 집 식구들이 같이 찍은 사진은 이것뿐일 거야."

이 사진의 시오리코 씨는 그다지 어머니와 닮지 않았다. 복장도 달랐지만 무엇보다 안경을 끼지 않았다.

"이때는 눈이 나쁘지 않았나 보네요."

다키노는 몸을 내밀어 사진을 들여다보았다.

"아니, 어릴 때부터 근시였어. 고등학교 때만 콘택트렌즈를 꼈지."

그랬구나. 안경이 없으니 인상이 사뭇 다르다.

"가족사진이 한 장밖에 없다니, 그게 무슨 뜻입니까?"

"아주머니가 사진이라면 질색했거든. 듣기로는 결혼사진도 안 찍었대. 아, 딸도 마찬가지였어. 둘이서 안 찍는다고 버텨서 이때도 얼마나 애를 먹었는지 몰라. 일부러 비스듬히 선 거야. 그래도 좋은 사진이지?"

"그러네요."

다키노가 자랑하고 싶은 마음도 이해가 갔다. 행복한 순간을 박제한 듯한 사진이었다.

"이 사진을 왜 저한테?"

"시노카와의 옛날 사진을 갖고 싶을 것 같아서. 필요 없어?"

다키노는 히죽거리며 말했다.

필요 없다고 허세를 부릴 여유도 없었다. 갖고 싶지 않을 리가 없었다.

"고맙습니다."

나는 감사 인사를 하고 사진이 든 봉투를 코트 안주머니에 넣었다.

다키노와 헤어진 뒤 사진의 존재는 까맣게 잊고 있었다.

사진을 떠올린 건 그로부터 며칠 뒤 점심, 철길 너머에 있는 편의점에 점심을 사러 다녀오는 길이었다. 가게 앞에서 걸음을 멈춘 나는 주머니에 넣어둔 사진을 꺼냈다. 눈앞의 풍경과 비교해보니 내가 서있는 곳에서 찍은 것 같았다.

초여름에 찍은 사진인 듯, 이웃집 울타리 사이로 흐드러지게 핀 수국이 얼굴을 내밀고 있었다. 이 부근에서 흔히 피는 꽃으로, 겨울인 지금도 잎줄기가 남아있다.

풍경은 놀랄 만큼 옛날 그대로였지만, 사진 속 가족에게는 큰 변화가 있었다. 두 딸은 성장했고, 아버지는 세상을 떠났으며, 어머니는 모습을 감췄다.

나는 반쯤 가려진 시노카와 지에코의 얼굴을 바라보았다.

이 사진에는 또렷하게 나오지 않았지만, 나는 그녀의 얼굴을 안다. 시노카와 가 안채 2층에 있던, 시오리코 씨와 꼭 닮은 책 읽는 여자의 그림.

그러고 보니 그 그림을 그린 건 누굴까?

"다이스케 씨."

가게 안에서 나온 시오리코 씨가 어느새 간판 옆에 서있었다. 사진에 찍힌 바로 그 위치였다.

"뭘 보세요?"

"아, 다키노 씨에게 받은 사진인데요."

별생각 없이 사진을 보여준 순간, 그녀의 얼굴이 빨갛게

달아올랐다. 지팡이를 짚고 서둘러 다가오더니 내 손에서 사진을 낚아챘다.

"어, 어디서 이걸······."

시오리코 씨는 사진을 뒤집어 가슴에 꼭 눌렀다. 스웨터 위로 드러난 가슴골의 윤곽을 보고 나는 눈을 돌렸다.

"그게, 다키노 씨가 줬습니다."

그제야 자신의 실수를 깨달았다. 그러고 보니 사진이라면 질색한다고 했지.

"사진을 찍을 때는 어떤 표정을 지어야 할지 모르겠어요."

시오리코 씨는 침울한 목소리로 말했다.

"이 사진도 그렇지만, 매번 표정이 부자연스럽게 찍혀서 싫어요. 원래 제 얼굴도 좋아하지 않고."

"사진 속의 시오리코 씨, 귀여워요. 저, 저는 좋아합니다."

내 딴에는 용기를 쥐어짠 발언이었다.

인기척 없는 길에 침묵이 내려앉았다. 그녀는 가슴에 품은 사진을 머뭇머뭇 힐끗 보더니 한숨을 내쉬었다.

"······고마워요."

시오리코 씨는 굳은 목소리로 인사하더니 고개를 절레절레 저으며 가게 안으로 들어갔다. 인사치레로 한 말이라고 생각하는 모양이다. 사진도 돌려주지 않으려는 것 같고.

"아, 맞다."
책이 쌓인 통로를 지나던 그녀가 뒤돌아보고 말했다.
"오늘 밤에 시간 있으세요?"
"네, 별일 없습니다."
그녀는 잠시 생각에 잠긴 듯 고개를 숙였다. 뭔가 망설이는 눈치였다.
"괜찮으시면 한 시간만 내주실래요?"
"네?"
"오늘밤에 꼭 가봐야 할 곳이 있어요."
그녀는 그렇게 말했다.

2

마감을 끝내고 가게를 나오자 해는 이미 저문 뒤였다.
목적지는 그다지 멀지 않아서 차를 탈 필요는 없다고 했다. 시오리코 씨의 걸음에 맞춰 역을 따라 난 골목길을 걸었다. 기타가마쿠라 역의 개찰구와는 반대 방향이라 지나는 사람은 거의 없었다.
우리는 벼랑을 뚫어 낸 동굴 같은 터널을 지났다. 포장하지 않은 천장이 머리에 닿을락 말락 한 걸 보고 나는 평소

버릇처럼 고개를 숙였다.

"점심에 어머니의 동창이란 분에게 연락이 왔어요."

시오리코 씨가 걸으며 말했다.

"동창이라면, 무슨 동창입니까?"

"중학교와 고등학교 동창이시래요. 기타가마쿠라에 사셔서, 아버지가 계실 때부터 저희 가게를 자주 찾아주셨다네요. 지금은 그 댁에 가는 길이에요."

"저기, 잠깐만요."

나는 그녀의 말을 자르고 물었다.

"어머님은 어느 학교 출신이십니까?"

"세이오 여학교에요. 아, 제가 얘기하지 않았나요?"

금시초문이었다. 세이오 여학교는 시오리코 씨의 모교이기도 하다. 모녀가 같은 학교 출신이었다니.

"어머님은 원래 이 동네에 사셨습니까?"

"네. 외가가 후카사와라고 들었어요."

비블리아 고서당의 단골이었다니 이 근처에 살았어도 이상할 건 없다.

"그럼 어머님의 가족, 외가 식구들은 아직도 거기 사십니까?"

집이 있었으니 가족도 있었으리라. 하지만 시오리코 씨는 고개를 저었다.

"지금은 아무도 안 사는 것 같아요. 어머니는 가족이 없다고 했어요. 자세한 얘기는 모르겠어요. 저도, 아야카도 외가 친척들과 한 번도 만난 적이 없거든요."

대화가 끊기자 어스름한 지면에 지팡이 소리만이 울려 퍼졌다.

설령 부모형제가 세상을 떠났다 해도, 친척과의 교류가 전혀 없다는 건 아무래도 이상하다. 무슨 사정이 있었는지도 모른다.

열차 건널목 앞에서 오른쪽으로 꺾어 언덕길을 올랐다. 친숙한 길이었다. 고등학교 시절 기타가마쿠라 역까지 갈 때 항상 이 길을 지났기 때문이다.

"어머님의 동창이라는 분이 왜 연락하신 겁니까?"

나는 하던 이야기를 계속했다.

"잘 모르겠어요."

"네?"

"자세한 이야기는 만나서 하자고 하셨어요."

"그게 답니까?"

"중요한 이야기라면서……."

변죽만 계속 울린다. 어쩌면 시노카와 지에코에 관한 이야기일지도 모른다.

시오리코 씨가 같이 가달라고 한 이유가 짐작 갔다. 이

기묘한 의뢰에 불안을 느끼기 때문이다. 조금이나마 나에게 의지하는 걸까?

언덕 중턱부터 갑자기 경사가 급해졌다. 이 부근은 가마쿠라를 에워싼 산의 일부로, 전통 있는 고급 주택가인데도 주차장에 있는 차는 대부분 경차였다. 도로가 좁기 때문이다.

이내 길이 사라지고 산 위로 이어진 계단이 나왔다. 이 계단을 올라가 5분쯤 걸으면 내 모교가 나온다. 졸업하고 한 번도 가지 않았지만.

"더 가야 합니까?"

"아뇨, 여기에요."

계단을 오르려던 나를 시오리코 씨가 말렸다. 높은 울타리로 에워싸인 오래된 저택이 눈앞에 서있었다. 담쟁이덩굴이 울타리를 뒤덮고 있었지만, 겨울이라 잎은 하나도 없었다.

금이 간 콘크리트 문기둥에 '다마오카'라는 문패가 걸려 있었다.

철문 너머, 정원에 인접한 방에만 불이 켜졌다. 왠지 쓸쓸한 풍경이었다.

"……"

시오리코 씨는 잠시 망설이다 앞장서 문을 열었다. 정원은 잘 손질되어있었지만 계절이 계절이라 꽃이 피거나 열매가 맺힌 나무는 없었다.

나는 초인종을 누르는 시오리코 씨의 뒤에서 누가 나오기를 기다리며 울타리를 따라 자란 수국을 바라보았다. 고등학생 시절, 이 집 앞을 지나가다 꽃이 핀 것을 본 기억이 났다.

문 열리는 소리가 들려서 반사적으로 허리를 곧추세웠다.

검은 하이넥 스웨터 차림의 자그마한 여성이 나왔다. 앞머리를 일자로 자른, 고풍스러운 느낌의 짧은 단발머리였다. 희끗희끗한 머리와 목주름이 나이를 말해주고 있었다. 아마 40대 후반이리라.

"바, 밤늦게 죄송합니다. 저, 점심에 통화했던 비블리아 고서당의……."

시오리코 씨는 가여울 정도로 더듬거리며 자기소개를 했다.

"아가씨가 지에코 딸이죠?"

여자는 우아한 미소를 지으며 말했다.

"내가 진화한 다마오카 사토코에요. 들어와요."

다마오카 사토코는 보여주고 싶은 곳이 있다며 우리를 1층 복도 끝에 있는 방으로 안내했다. 서재로 쓰는 방인 듯,

불투명유리로 된 문이 달린 책장이 벽을 따라 늘어섰고, 두꺼운 커튼을 친 창문 앞에는 팔걸이가 달린 원목의자와 작은 테이블이 놓여있었다. 저곳에서 독서를 즐기는 것이리라.

"여기 있는 책들은 저희 아버지의 소장품이에요. 2년 전 세상을 떠난 뒤로는 제가 물려받아 관리하고 있죠."

다마오카 사토코가 말했다.

장서의 일부는 테이블과 바닥 위에도 쌓여있었다. 외국의 대형 화집과 낡은 문학전집 단권이 눈에 띄었다. 고인은 일본문학과 미술에 조예가 깊었던 모양이다.

'응?'

방 안을 둘러보다 멈칫했다. 뭔가 낯익은 걸 본 것 같은데…….

기분 탓이겠지. 이 방에 들어온 건 처음이니까.

"아버지가 이곳에서 사신 지는 50년쯤 되셨는데, 그때부터 비블리아 고서당에 자주 다니셨다고 들었어요. 댁에서 산 책도 많고, 팔기도 많이 팔았다고요. 부모님께 아버지 이야기를 들은 적이 없나요? 어떤 책을 사셨다든지."

그 질문에 시오리코 씨는 살며시 고개를 저었다.

"죄송하지만 부모님께는 아무 얘기도 못 들었어요."

"그렇군요."

다마오카 사토코는 어색하게 웃었다.

"그럴 법도 하죠. 10년쯤 전 다리를 다치신 뒤로 제대로 거동하지 못하셨거든요. 미안해요, 이상한 걸 물어서."

"아, 아니에요."

단골이었던 것 같지만, 10년 전이면 시오리코 씨가 가게 일을 돕기 전이니까 모르는 것도 무리는 아니다.

"오, 오늘 보자고 하신 용건은요?"

시오리코 씨가 물었다.

나도 그게 궁금했다. 정서를 처분하려는 거라면 통화했을 때 그렇게 말했을 테다. 아버지의 추억 이야기를 하려고 알지도 못하는 시오리코 씨를 일부러 부르지는 않았으리라.

"지에코가 하던 일을 부탁해도 될까요?"

어머니의 이름이 나오자 시오리코 씨의 표정이 굳어졌다.

"구체적으로 무슨 일이신데요?"

"지에코는 가게를 찾은 손님들에게 의뢰를 받았다고 들었어요. 고서에 관한 일이라면 어려운 의뢰라도 받았다는 걸요. 요즘에는 시오리코 양도 그런 일을 한다는 풍문이 돌아서."

나는 숨을 삼켰다. 우리 가게에서 고서에 관한 의뢰를 받았다는 소문이 돈다고 한 다키노의 이야기를 떠올렸다.

설마 이런 형태로 의뢰가 들어올 줄이야.

"어머니처럼은 안 되겠지만."

시오리코 씨는 잠시 생각한 끝에 대답했다.

"그래도 괜찮으시다면 말씀해주세요."

거절할 생각은 없는 모양이다.

나는 희미한 불안을 느꼈다. 위험한지 아닌지는 모르지만, 지금까지 그녀가 해결한 사건과는 뭔가 다를 것 같다. 다키노의 말대로 조심하는 게 좋을 것 같다.

"고마워요."

다마오카 사토코는 감사 인사를 하며 낮은 목소리로 말했다.

"그럼, 이 서재에서 도둑맞은 책을 찾아주세요."

3

우리는 서재 옆 응접실로 이동해 소파에 앉았다.

"자세히 이야기하기 전에 이 책을 봐주세요. 무슨 책인지 아시죠?"

다마오카 사토코는 파라핀지로 싼 낡은 책을 테이블 위에 올려놓았다. 시오리코 씨는 순간 눈을 번뜩였지만, 옆에 있는 나는 물론 모르는 책이었다.

갈색 박스에 붙은 하얀 종이에 읽기 힘든 글씨로 제목과 저자 이름이 적혀있었다.

봄과 아수라　심상 스케치

지은이는 미야자와 겐지.

아무리 나라도 모를 리가 없는 사람이다. 국어 교과서에 실린 동화와 시가 기억났다. 죽은 여동생을 위해 바깥에 내린 눈을 모아오겠다고 한 유명한 시도 그의 작품이다.

"세키네쇼텐에서 간행된 『봄과 아수라』 초판본이네요. 이렇게 상태가 좋은 건 처음 봐요. 펼쳐봐도 될까요?"

느닷없이 시오리코 씨의 말투가 유창해졌다. 책 이야기만 나오면 딴 사람이 되는 건 여전했다.

"네, 편하게 봐요."

상대의 말이 끝나기도 전에 시오리코 씨는 책을 들고 펼쳤다. 동작에서 설렘이 묻어났다.

성긴 천으로 싼 책 표지에는 어떤 식물의 무늬가 인쇄되어있을 뿐이었다. 책등에 '시집 봄과 아수라 미야자와 겐지 지음'이라는 글자가 들어있었다. 문외한인 내가 봐도 공을 많이 들인 세련된 디자인이었다.

"언제 나온 책입니까?"

"1924년이니까, 87년 전에 나왔네요."

"87년 전……."

그렇게 오래된 책이었다니.

시오리코 씨의 말대로 상태가 좋았다. 바랜 곳이나 찢어진 곳도 거의 없는 걸 보면 소중히 보관해온 것이리라.

"귀한 책이군요."

"물론이죠!"

시오리코 씨는 단호하게 대답했다.

"미야자와 겐지는 많은 작품을 남겼지만, 생전에 출판된 저서는 동화집 『주문이 많은 요리점』과 이 『봄과 아수라』뿐이에요. 모두 자비 출판이나 마찬가지였죠. 당시에는 거의 팔리지 않아서 겐지 자신이 상당 부수를 사들였어요."

"네? 하지만 『은하철도의 밤』같은 유명 작품도 있잖아요. 그런 건……."

"『은하철도의 밤』은 사후에 원고를 발견해 전집에 수록한 거예요. 생전에는 발표조차 되지 않았죠."

"그랬군요……."

나는 고개를 끄덕였다. 유명한 작품이라도 그렇구나.

"작가가 여러 차례 개고했기 때문에, 무엇이 최종 원고인지 연구자들 사이에서도 오랫동안 논쟁거리였어요. 미야자와 겐지의 작품은 그런 게 많아요. 책으로 출판된 『봄과 아수라』조차 이 초판본에 실린 작품이 반드시……. 아, 죄송합니다."

시오리코 씨는 얼굴을 붉히며 다마오카 사토코에게 고개를 숙였다. 그제야 나도 정신을 차렸다. 다른 사람이 있는 걸 까맣게 잊고 평소처럼 책 이야기에 푹 빠져있었다.

"제가 고서에 대해 잘 몰라서요. 제가 부족한 탓입니다."

"어머, 괜찮아요. 그럼 내가 이 책에 대해 설명해줄까요? 나도 아버지한테 들은 이야기지만."

다마오카 사토코는 미소를 지으며 말문을 열었다.

"겐지의 명성이 높아지면서 『봄과 아수라』의 초판본을 찾는 독자들도 많아졌어요. 저희 아버지도 그 중 하나였죠. 아버지가 이 책을 산 건 거의 50년 전이었는데, 당시에도 도쿄의 고서점에서 찾기 힘든 희귀본이었다고 들었어요."

그녀는 유창하게 이야기를 풀어나갔다. 이 사람도 상당한 '책벌레'인 모양이다. 고서 마니아인 아버지를 두었고, 시노카와 지에코의 동창이라니 그럴 법도 하다.

"그런 귀한 책을 어디서 구하신 겁니까?"

"비블리아 고서점에서요. 두 권 다 거기서 사셨다고 들었어요."

"두 권이요?"

그게 이야기의 핵심인 것 같다.

앞으로 당겨 앉았을 때, 시오리코 씨가 내 팔꿈치를 찌르며 『봄과 아수라』를 내밀었다. 펼친 표제지에 제목이 인쇄되어있었다.

심상 슷케치
봄과 아수라
1922~1923년

난데없는 '슷케치'라는 오자에 맥이 빠졌지만, 시오리코 씨가 보여주고 싶은 건 오자가 아닌 것 같았다.

'슷케치' 밑에 빨간 장서인이 찍혀있었다. 네모난 틀 안에 수국 무늬가 보였다. 어디서 본 문양이다.

"아."

저도 모르게 신음이 나왔다.

우리 할머니, 고우라 기누코가 남긴 이와나미쇼텐판 『소세키 전집』에는 제8권 『그 후』를 제외한 모든 책에 이와 같은 수국 무늬 장서인이 찍혀 있었다. 어떤 인물에게 『그 후』를 선물 받은 뒤, 나머지 권을 비블리아 고서당에서 샀다고 들었다.

"말씀 중에 죄송합니다만, 이 장서인은 아버님이 쓰시던 건가요?"

시오리코 씨가 다마오카 사토코에게 물었다.

"네, 우리 집 책에는 전부 이 도장이 찍혀있을 거예요. 아버지가 수국을 좋아하셨거든요. 그래서 정원에도 심어놓았고요."

아까 사토코는 비블리아 고서당에 판 책도 많다고 했다. 요컨대 원래 이 집에 있던 『소세키 전집』이 비블리아 고서당으로 넘어갔고, 우리 할머니가 다시 그 책을 산 것이다.

전혀 알지도 못했던 사람들을 고서가 이어주고 있다.

이상야릇한 기분이 들었다.

"방금 아버님이 『봄과 아수라』를 두 권 소장하고 계셨다고 말씀하신 거죠?"

시오리코 씨는 그렇게 말하며 조용히 책을 덮었다.

"이 책을 보여주신 걸 보니 '도둑맞은' 책은 또 다른 『봄과 아수라』인 것 같네요."

다마오카 사토코는 먼눈으로 무릎 위의 깍지 낀 손을 내려다보았다. 앙상한 손가락에는 반지가 하나도 없었다.

"역시 어머니를 꼭 닮았네요."

그녀는 그렇게 중얼거렸다.

"아버지는 『봄과 아수라』를 두 권 소장하고 계셨어요. 두 번째 책은 30년쯤 전에 비블리아 고서당에서 구하셨는데,

지에코가 판 책이나 마찬가지였어요."

"저희 어머니가요?"

"중학교 때부터 지에코는 우리 집에 자주 놀러왔고, 아버지와도 가깝게 지냈어요. 지에코를 유난히 예뻐하시던 아버지는 책 선물도 자주 하셨죠. 책을 좋아하는 젊은 사람과 이야기하는 게 즐거우셨던 거예요.

지에코가 비블리아 고서당에 드나들게 된 것도 아버지가 추천했기 때문이에요. 거기서 일한 건 대학원을 중퇴하고 나서였지만."

"어머니가 대학원에 다녔나요?"

시오리코 씨가 눈을 휘둥그레 뜨며 물었다. 딸인 그녀도 몰랐던 사실인 모양이다.

"네. 역사학 전공이었는데, 근세 유럽의 출판 유통 시스템을 연구하겠다고 했어요. 다양한 분야에 관심이 가지만, 제일 재미있어 보이는 건 그 분야라면서."

자세한 내용은 잘 모르겠지만, 책에 관련된 연구인 모양이다. 단순히 책을 좋아하는 데서 그치지 않고 연구자를 목표로 했던 것이다.

"하지만 대학원에 다닌 건 불과 몇 달뿐이었고, 집안 사정으로 학교를 그만두고 일을 시작했어요. 지에코는 자기 이야기를 잘 안 하는 성격이라 자세한 사정은 듣지 못했지만……. 혹시 시오리코 양은 아냐요?"

"저도 옛날 이야기는 잘……. 아버지는 아실지도 모르지만요."

"그러네요. 시노카와 사장님은 아실지도 모르겠어요."

다마오카 사토코는 살며시 고개를 끄덕였다. 시오리코 씨의 아버지와도 면식이 있는 것 같다. 예전에는 이 사람도 아버지처럼 비블리아 고서당을 자주 찾았으리라.

"어머니가 『봄과 아수라』를 팔았다는 건요?"

"비블리아에서 일한 지 반년쯤 지났을 무렵, 지에코가 아버지에게 전화를 했어요. 『봄과 아수라』 초판본을 사지 않겠느냐고요. 어느 댁에 출장 매입을 갔다가 수십 만 엔도 더 되는 가격으로 사들였다고 해요. 아버지에게 영업을 한 거죠. 겐지의 초판본을 수집하는 줄 알았으니까요."

"고작 반년 만에 매입까지 도맡아 했다고요?"

무심코 그런 물음이 튀어나왔다. 나도 비블리아에서 일한 지 반년이 지났지만, 혼자서 출장 매입을 나간 적도 없다. 지금으로서 희귀본 매입은 상상조차 할 수 없을 만큼 큰일이다.

"독단으로 벌인 일일 거예요. 어머니는 그런 일에는 상식이 통하지 않는 사람이었으니까요."

시오리코 씨가 나한테 속삭이는 걸 보고 다마오카 사토

223

코는 웃으며 말했다.

"처음에는 시오리코 양의 할아버님, 비블리아 고서당의 전전대 사장님에게 멋대로 책을 사고판다고 혼쭐이 났대요. 하지만 사들인 책은 반드시 팔아서 이익을 냈기 때문에 권한을 위임받았다고 들었어요."

실력으로 인정받은 것이다. 그런 한편 『최후의 세계대전』 때처럼 위험한 거래도 서슴지 않았다.

"하지만 아버지는 상태가 좋은 『봄과 아수라』를 이미 소장하고 계셨잖아요. 어째서 같은 책을 또 사신 건가요? 이보다 더 상태가 좋은 책이었나요?"

"아뇨. 오히려 상태는 별로 좋지 않았어요. 표지도 지저분했고, 안에 필기도 되어있었죠."

"그럼 왜?"

"정확히는 모르겠지만 예비용으로 한 권 더 소장하고 싶다고 생각하셨거나, 열심히 일하는 지에코에게 도움을 주려던 마음도 있으셨을 거예요."

생각을 정리하듯 다마오카 사토코는 천천히 말을 이었다.

"하지만 아버지나 저나 그 두 번째 책에 애착을 가지고 있었어요. 한눈에도 그 책을 아끼던 사람들의 손을 탄 흔적이 보여서. 우리 부녀에게는 고서로서의 값어치와는 상관없이 소중한 책이었어요."

나도 공감할 수 있는 말이었다. 예전에 시오리코 씨가 말했던 것처럼, 오래된 책에는 책 자체에 이야기가 담겨있다. 고서로서의 가치만으로 평가할 수는 없는 것이다.

"책이 없어진 당시 상황을 자세히 말씀해 주시겠어요? 아, 그전에 궁금한 점이 하나 있어요."

시오리코 씨는 그렇게 말하며 집게손가락을 세웠다.

"경찰에 도난 신고는 하셨나요?"

"아뇨."

그때까지 온화했던 다마오카 사토코의 얼굴이 괴로운 듯 일그러졌다.

"이유를 여쭤도 될까요?"

"시오리코 씨는 짐작하고 있을 거예요."

그녀는 눈을 내리깔며 말했다.

"책을 훔친 범인은 우리 가족 중에 있어요. 저희 오빠와 새언니, 둘 중 누군가에요. 그래서 일이 커지는 걸 원치 않아요."

4

"아버지는 재산 분배에 대한 유언장을 작성하지 않으셨

지만, 전부터 어떻게 할지는 대충 정해놓으셨어요. 어머니는 일찍 돌아가셔서 상속인은 나와 오빠밖에 없었죠.

아버지가 경영하시던 스포츠 용품점과 가게가 있는 빌딩의 권리는 오빠가 갖고, 나는 이 집을 물려받았어요. 장서도 어떻게 처분할지 저에게 미리 일러두셨고요. 아버지의 모교에 새로 지은 도서관에 장서의 절반을 기증하고, 나머지 절반은 비블리아 고서당에 팔라고 하셨죠.

……네, 그래서 아버님께 집으로 오시라 했어요. 아버지가 세상을 떠난 직후였으니 2년 전일 거예요. 사장님이 무척 지쳐 보여서 나도 옛날이야기를 하며 일을 도왔는데, 지금 생각해보면 그때 이미 건강이……. 제가 무리한 부탁을 드렸는지도 모르겠네요.

아, 아니에요. 마음 쓰게 해서 미안해요.

이야기를 계속할게요.

아버지의 모교 도서관이 완공되면 여기 있는 『봄과 아수라』를 포함한 장서 대부분은 그쪽으로 옮길 예정이었어요.

하지만 아버지는 딱 한 권을 나에게 남겨주셨어요. 그게 지에코에게 산 『봄과 아수라』예요. 아버지의 책 중에서 내가 제일 좋아하는 책이었거든요.

이치로 오빠는 나와 세 살 터울인데, 아버지와는……. 아니, 저하고도 사이가 좋지 않았어요. 아버지의 사업을 도왔는데 젊었을 때 집을 나가고, 지금은 다카노에서 새언니와 조카와 셋이서 살아요.

집은 그리 멀지 않았지만 오빠 식구들과는 그다지 왕래가 없었어요. 아버지가 다리를 잘 쓰지 못하게 되신 뒤로도 오빠는 거의 찾아오지 않았어요. 가끔 용돈을 받으러 조카가 찾아오는 정도였죠. 아버지의 장례식이 끝나고 나서는 서로 통화조차 하지 않아요.

그런데 한 달쯤 전 갑자기 오빠가 집으로 찾아왔어요. 딱히 볼일은 없지만 오랜만에 얼굴이나 보려고 왔다고 했죠.

둘이서 차를 마시며 이런저런 이야기를 했는데, 제가 장서 절반을 팔았다고 하니까 단번에 낯빛이 변하면서……. 아버지가 소장했던 장서도 재산의 일부니까 받은 돈의 절반을 내놓으라고 하는 거예요.

나는 고서도 제가 물려받은 재산이라고 생각했기 때문에, 그전엔 굳이 책을 팔았다는 이야기까진 하지 않았거든요.

부끄럽지만, 요즘 오빠가 경영하는 가게가 잘 되지 않아서 경제저으로 힘든 모양이에요. 이찌면 사실은 그닐도 돈을 빌리러 왔던 건지도 몰라요.

하지만 오빠에게도 책을 판 돈의 절반을 받을 권리가 있다고 생각했어요. 계좌로 돈을 보내주기로 했죠.

그때 장서의 절반은 팔지 않고 기부할 예정이라는 이야기를 했는데, 돈을 보내고 며칠 뒤에 이번에는 올케한테 전화가 오더군요.

'오빠한테 책이 아직 있다는 얘기를 들었어요. 그것도 팔아서 반씩 나눠 가져요.'

그렇게 말하더랍니다.

물론 거절했지만 오빠 부부는 매일 같이 전화를 했어요. 그러다 보니 진저리가 나서 아예 무시하는 일이 많아졌죠.

저번 일요일, 아침에 정원 창고를 정리하는데 갑자기 오빠 차가 집 앞에 서는 거예요. 올케와 함께 차에서 내리더니 '책 처분에 대해 할 얘기가 있어서 왔다'고 하지 뭐예요.

필시 내가 집에 있는 시간에 맞춰서 온 거예요. 그 며칠 전에 고모님이 다녀가셨는데, 일요일에 창고를 정리할 거란 이야기를 했거든요. 틀림없이 고모님에게서 그 이야기를 들었겠죠.

하는 수 없이 오빠 부부를 응접실로 데려와 한 시간쯤 이야기를 했는데 빈말로도 즐거운 대화는 아니었어요.

장서 기부는 아버지의 유지였고, 기부할 대학과도 이야기가 끝났다고 몇 번이나 말했지만 오빠 부부는 기부를 취소하면 된다, 자기들이 대학에 이야기하겠다고 우기더군요. 그러다 간다 진보초의 고서점에 이야기를 해놨으니 너만 허락하면 이번 주 안에 책을 가지러 오겠다는 이야기를 하는 거예요.

정말 어처구니가 없었죠. 무슨 일이 있어도 아버지의 유지를 잇겠다, 두 번 다시 찾아오지 말라고 하면서 쫓아냈어요.

하지만 그렇게 오빠와 올케를 보내고 대문 옆에서 가만히 생각해보니 흥분했던 마음이 가라앉았어요.

꼭 그렇게 말했어야 하나, 오빠가 납득할 만한 방법을 찾았어야 하는 게 아닌가 하는 생각이 들더군요. 그런 생각을 하며 집으로 들어와 아버지의 서재로 갔어요.

서재에 들어간 순간 뭔가 이상하다는 걸 알았죠.

다른 누군가가 들어왔던 느낌이 들었어요. 책장 문을 전부 열어 확인해봤더니, 하필이면 아버지가 물려주신 『봄과 아수라』가 없어진 거예요.

그날 아침에 청소할 때만 해도 분명히 있었어요. 오빠나 올케 둘 중 하나가 가져간 건 불 보듯 뻔했죠. 두 사람 다 이야기하던 중에 잠깐 자리를 비웠으니 기회는 얼마든지 있었고, 책장은 누구나 열 수 있었어요.

곧바로 오빠에게 전화해서 책을 돌려달라고 했지만 자기

는 모르는 일이라며 오히려 성을 내는 거예요. 올케언니도 모른다고 잡아떼고.

돈은 필요 없어요. 만일 오빠가 경제적으로 힘들어서 돈이 필요하다면 내가 할 수 있는 한은 도울 생각이고요.

그저 그 책을 돌려받고 싶어요. 제발 범인을 찾아서 책을 돌려달라고 설득해주세요. 물론 정당한 사례는 할게요.

제발 도와주세요. 부탁입니다."

쉴 틈도 없이 이야기를 마친 다마오카 사토코는 정중하게 고개를 숙였다.

꼼짝도 하지 않고 이야기에 귀를 기울이던 시오리코 씨가 조심스레 말문을 열었다.

"아까도 말씀드렸다시피 제가 어디까지 도울 수 있을지는 모르겠어요."

여느 때보다 열띤, 힘찬 목소리였다.

"하지만 아버님의 유지를 이으실 수 있도록 돕겠습니다. 그러니까 고개를 드세요."

순간 나는 시오리코 씨의 또 다른 일면을 본 것 같았다. 지금까지처럼 흐름상 휘말린 게 아니라, 자신의 의지로 이번 사건을 맡으려 한다. 낯가림이 심한 건 사실이지만 다른 사람과 관계를 맺는 걸 싫어하지는 않는 것이다.

다키노는 지금까지 이런 의뢰를 받지 않았다고 했지만, 그건 기회가 없었을 뿐이지 나와는 상관없을지도 모른다.

그건 그것대로 조금 서운하지만.

"그러기 위해서는 대답해주셨으면 하는 점이 몇 가지 있어요. 괜찮으시겠어요?"

"그럼요. 뭐든지 물어봐요."

다마오카 사토코는 애원하듯 말했다.

"먼저,『봄과 아수라』를 훔친 범인은 어째서 이런 최상품을 두고 상태가 나쁜 쪽을 가져갔을까요?"

"오빠 부부는 이 책이 두 권이라는 사실을 모를 거예요. 아버지가 나머지 한 권을 구입하셨을 때 오빠는 같이 살지 않았으니까요. 아버지가 물려주신『봄과 아수라』도 서재에 보관했지만, 기부할 책과는 따로 뒀어요. 같은 책이 두 권 있다는 건 몰랐을 거예요."

분명히 같은 방에 있어도 다른 곳에 두었다면 모를 수도 있다. 애초에 한 권만 있는 줄 알았으면 나머지 한 권을 찾으려 하지 않았으리라.

"알겠습니다. 말씀해주셔서 감사합니다."

시오리코 씨는 고개를 끄덕이더니 다음 질문으로 넘어갔다.

"올케 분은 어떤 분이신가요? 나이나 하시는 일 같은 거요."

"이름은 사유리고, 올해로 마흔 한 살인가 두 살일 거예요. 오빠하고는 나이 차이가 꽤 나는 편인데, 원래 오빠의 부하 직원이었어요. 업무 외적으로도 오빠와 만나다가 조카를 가져서 결혼하게 됐죠. 지금도 오빠를 도와서 같이 일해요."

그런 사연이었군.

'가게가 잘 되지 않는다'는 말이 사실이라면 부부 양쪽이 경제적으로 어려울 것이다. 돈이 될 만한 이야기에 달라붙는 것도 이상할 건 없다.

"두 분은 책을 많이 읽으시나요?"

"오빠는 아버지의 책을 제법 읽었지만, 다른 책은 어떤지 모르겠어요. 올케는 아마 거의 책을 읽지 않을 거예요. 처음 인사 왔을 때도 아버지가 쓴웃음을 지으시며 이시카와 다쿠보쿠石川啄木, 1886~1912. 일본의 시인의 시를 하나도 모른다고 하셨거든요."

솔직히 할 말이 없었다. 나 역시 하나도 외우지 못하기 때문이다.

"도중에 자리를 비웠다고 하셨는데, 그게 정확히 언제였나요?"

"응접실에는 11시쯤에 들어왔어요."

다마오카 사토코는 기억을 더듬듯 벽에 걸린 시계를 보

앉다.

"15분쯤 지나서 올케가 집에 전화를 해야 하는데 휴대전화를 두고 왔다면서 전화 좀 쓴다고 했어요. 가방을 들고 복도로 나갔죠."

"현관에 있던 까만 전화기 말이죠?"

시오리코 씨가 물었다. 그 짧은 시간에 이 집의 어디에 무엇이 있는지 외운 모양이다.

"사유리 씨가 통화하는 소리를 들으셨나요?"

"아뇨. 그 사이에도 오빠와 계속 말다툼을 벌였기 때문에 다른 데 신경 쓸 정신이 없었어요. 올케는 5분쯤 지나서 돌아왔고, 얼마 지나지 않아 오빠가 화장실에 갔어요. 자리를 비운 건 길어야 1, 2분이었죠. 그 뒤로는 돌아갈 때까지 저와 같이 있었고요."

내 느낌에는 오빠가 수상했다. 이 집 화장실엔 아까 나도 다녀왔는데, 위치가 이 집 안쪽, 서재 바로 옆이었다. 볼일을 보는 척 서재에 들어가 책을 훔치기에 충분하다.

부인에게도 기회는 있었지만, 책을 잘 모르는 사람이 그 많은 책 속에서 한 권을 찾기란 어려울 것 같다.

"두 분이 돌아가실 때도 다마오카 씨가 대문까지 배웅하셨다고 하셨죠?"

"배웅이라기보다는 말다툼이 이어진 거죠. 오빠나 저나

나이도 먹을 만큼 먹어서 부끄러운 일이네요."

사토코는 머뭇거리며 대답했다. 상당히 격하게 다툰 모양이다.

"그럼 다마오카 씨가 두 분의 행동을 파악하지 못한 건 그 잠깐 동안뿐이었다는 말씀이시죠?"

다시 한 번 묻자 사토코는 단호하게 고개를 끄덕였다.

"네, 그렇죠."

시오리코 씨는 주먹을 입가에 대고 테이블을 내려다봤다. 머릿속에서 상황을 정리하는 것이리라. 어쩌면 벌써 실마리를 찾았는지도 모른다.

"두 분의 차림새는 어땠나요?"

"차림새요?"

"네. 어떤 옷을 입고 계셨나요?"

듣는 나도 당혹스러웠지만, 분명 뭔가 의도가 있는 질문이리라.

복장까지는 자세히 기억나지 않는 듯, 다마오카 사토코가 대답할 때까지는 잠시 시간이 걸렸다.

"오빠는 새빨간 브이넥 스웨터에 녹색 바지를 입었고, 코트는 입지 않았어요. 올케는 파란 원피스 위에 보라색 체크 코트를 입었던 것 같아요."

부부가 모두 화려한 차림새였다. 눈앞에 있는 다마오카

사토코와는 너무나도 달랐다.

"두 분 다 빈손이셨나요?"

"오빠는 빈손이었지만 올케는 명품 가방을 가지고 왔어요. 통화하러 나갔을 때도 들고 나갔고요."

"그렇군요."

시오리코 씨는 같은 자세로 말했다.

"가족 외에 댁에서 고서를 수집한다는 사실을 아는 사람이 있나요?"

"아버지의 오랜 친구분들밖에 없어요. 친척들도 모르고요. 아버지는 책을 좋아하는 사람하고만 책 이야기를 하셨거든요."

그제야 시오리코 씨가 고개를 들었다. 대충 질문이 끝난 눈치였다.

"뭔가 알아냈나요?"

다마오카 사토코는 그렇게 묻고 대답을 기다렸다. 시오리코 씨는 조용히 고개를 저었다.

"지금으로서는……. 한번 오빠 분의 이야기를 들어볼 필요가 있을 것 같네요. 연락처를 알려주시겠어요?"

"잠깐 기다려요."

펜과 메모지를 가져온 사토코는 전화번호를 적기 시작했다. 어린애가 쓴 것처럼 알아보기 힘든 글씨였다. 자세히 보니 펜 끝이 떨리고 있었다.
 ……이 사람은 줄곧 마음의 동요를 억누르고 있었던 걸까. 그만큼 소중하게 여겼던 책인 것이다.
 "어려운 부탁을 해서 정말 미안해요. 이런 일을 부탁할 만한 사람이 달리 없어서……."
 메모를 내민 그녀의 눈에는 눈물이 고여있었다.
 "저도 오빠한테 연락해둘게요. 잘 부탁드려요."

5

 휴일인 다음날, 나와 시오리코 씨는 차를 타고 요코스가로 향했다.
 다마오카 사토코의 오빠 이치로가 경영하는 스포츠 용품 가게의 본점은 요코스가 가도를 벗어나 도부이타 거리 근처의 극장 맞은편에 있었다. 미군 기지가 있는 이 동네에서 영어 간판은 흔히 볼 수 있다.
 5층 높이의 빌딩에 가게와 사무실이 같이 있는 모양이다. 열려있는 자동문 사이로 안을 들여다봤지만 손님이 거의 없었다.
 "여기죠?"

시오리코 씨가 확인했다.

"맞을 겁니다."

부인은 분점에 가서 자리에 없기 때문에 먼저 남편과 이야기하기로 했다. 본인들과 직접 통화한 건 아니지만 순순히 만나준다고 해서 뜻밖이었다.

가게 앞에서 스포츠웨어를 정리하고 있던 훤칠한 점원이 갑자기 우리를 돌아봤다. 까무잡잡하게 탄 근육질의 남자로, 어찌된 영문인지 이 추운 날씨에 오렌지 색 반팔 셔츠를 입고 있었다. 올백으로 넘긴 머리는 까맸지만 이마나 눈꼬리에는 주름이 자글자글했다.

"아, 어서 오십시오! 처음 뵙겠습니다. 비블리아 고서당에서 오셨죠?"

남자는 큰 소리로 인사하며 시오리코 씨에게 다가왔다. 그녀가 살짝 뒤로 물러서는 게 느껴졌다. 이런 종류의 사람은 불편한 것이리라.

"동생에게 이야기는 들었습니다. 제가 다마오카 이치로입니다. 그날 이야기가 듣고 싶다고 하셨죠?"

다마오카 이치로는 손뼉을 치더니 두 손을 비볐다.

"그날은 다카노에 있는 집에서 10시 50분쯤에 출발했습니다. 그 동네는 차를 타고 가면 빙빙 돌아야 하잖습니까?

11시쯤에 아버지 집에 도착했습니다. 정원에 있던 동생과 같이 들어가 이야기를 시작했지만, 의견 충돌이 심해서 점심도 먹지 않고 12시 전에 나왔습니다. 잠깐 장을 보고 집에 도착하니 12시 반이더군요."

자리에 앉자마자 다마오카 이치로는 이쪽이 묻기도 전에 당일 일을 떠벌였다.

우리는 스포츠 용품점 근처에 있는 패밀리레스토랑에 들어갔다. 아직 점심시간까지는 시간이 있어서인지 손님은 얼마 없었다. 그 탓에 다마오카의 굵은 목소리가 한층 시끄럽게 울려 퍼졌다.

"하지만『봄과 아수라』의 초판본이 한 권 더 있었다니, 처음 얘기를 들었을 때는 동생이 헛소리를 하는 줄 알았습니다. 정말 아버지가 큰돈을 내고 산 게 맞습니까?"

"당시 담당했던 분은 없지만, 아마도요."

시오리코 씨가 말을 흐리자 다마오카는 씩 웃었다. 치열은 고르지만 안쪽으로 은니가 하나 보였다.

"당시 담당자라면 지에코잖습니까. 아가씨 어머니요. 종종 우리 집에 놀러 와서 나도 잘 압니다. 아주 예뻤죠. 아가씨는 어머니를 꼭 닮았군요. 아주 잘 컸어요."

이치로는 능청스럽게 그런 말을 했다. 나는 다마오카 남매가 별로 닮지 않았다는 사실에 내심 놀랐다. 이만큼 성격이 다르니 사이가 좋지 않을 법도 하다.

"그래서 할 이야기가 뭡니까? 뭐든지 물어봐요."

이치로는 테이블에 깍지 낀 두 손을 올려놓고 몸을 앞으로 내밀었다. 뭔가 수상쩍은 냄새가 났다. 자신이 도둑으로 의심하는 걸 알 텐데 어째서 이렇게 살갑게 구는 걸까.

시오리코 씨는 무릎 위에 손을 올려둔 채 아까 이치로에게서 받은 명함을 보고 있었다.

"혹시 이치로 씨의 성함은 겐지의 작품에서 따온 건가요?"

시오리코 씨가 중얼거리듯 말했다.

무슨 뜻이지? 나는 고개를 갸웃거렸지만 다마오카 이치로는 고개를 끄덕였다.

"맞아요, 『주문이 많은 요리점』이나 『바람의 마타사부로』처럼 겐지의 동화에 자주 등장하는 이름이죠. 촌스럽다고 친구들한테 가끔 놀림도 받았습니다. 아버지가 왜 제 이름을 이치로라고 지었는지는 모르겠군요."

나와 비슷한 사연을 가진 사람이었다. '다이스케'라는 내 이름도 소세키의 『그 후』에서 따온 이름이다. 내 경우는 한자가 다르지만.

"책을 자주 읽으시나요?"

시오리코 씨가 물었다.

"자랑은 아니지만 독서는 좋아하는 편이었습니다. 독립

하기 전에는 많이 읽었죠."

이치로는 기다렸다는 듯 대답했다. 어딜 봐도 자랑이었다.

"아버지는 모르셨겠지만, 서재에서 초판본을 가져다 수도 없이 읽었죠. 특히 겐지의 『봄과 아수라』나 『주문이 많은 요리점』은 초판본에 익숙해져놔서, 요즘 나온 판본은 아직도 못 읽겠더라고요. 역시 그 초판본만큼 완벽한 게 없어요. 아, 그렇다고 내가 훔친 건 아닙니다. 내가 범인이라면 『주문이 많은 요리점』을 노렸겠죠. 그 책이 더 귀하니까요."

고서에 대한 지식도 있는 것 같았다. 오히려 제 무덤을 파는 것 같은데.

"오늘은 그냥 이야기를 들으려고 뵙자고 한 거예요. 전 다마오카 이치로씨가 책을 가져갔다고 생각하지 않아요. 아니라는 걸 알아요."

시오리코 씨의 말에 화들짝 놀랐다. 이 남자는 유력한 용의자인 줄 알았는데…….

그리고 이 남자가 훔친 게 아니라면 범인은 한 명밖에 없다.

"그렇죠? 역시 아는 사람은 안다니까."

이치로는 기쁜 표정으로 말하더니 과장되게 주변을 둘러보며 목소리를 낮췄다.

"그러면 우리 집사람이 훔친 게 되는 겁니까? 뭐, 집사람이라면 그러고도 남지만……. 아, 혹시라도 집사람이 슬쩍 했더라도 결코 나쁜 뜻으로 그런 건 아닐 겁니다. 요즘은 워낙 경기가 좋지 않아서 우리도 사정이 어렵거든요."

이번에는 자기 부인을 범인 취급하는 발언을 했다.

나는 다마오카 이치로라는 남자가 영 마음에 들지 않았다.

무신경한 건지, 매사 건성건성인 건지. 정말 범인이 아닌 거 맞아?

"부인께서 가져갔다고 생각하지도 않아요."

시오리코 씨는 담담하게 말했다. 미간에 살짝 주름이 졌다.

"여러 가능성을 생각해볼 수 있으니까요. 그리고 직접 훔치지 않아도 범행을 도울 수가 있죠."

이 말에는 넉살 좋은 다마오카 이치로도 머쓱한 표정을 지었다.

나는 속으로 고개를 끄덕였다. 그래, 아내를 시켜 훔치는 방법도 있다.

"의심을 받아도 할 말이 없네요."

다마오카는 의자 등받이에 기대 목 뒤에서 두 손을 깍지 꼈다.

"사토코가 나에 대해 좋은 소리는 안 하죠? 오빠와 사이가 좋지 않다, 아버지 병문안도 오지 않았다, 그렇게 말하지 않았습니까?"

우리는 잠자코 있었다. 말투가 좀 더 우아했을 뿐 내용 자체는 딱 정곡을 찔렀다.

"사토코에게는 미안하게 생각합니다. 아버지를 개한테 맡기고 세상 떠나실 때까지 아무것도 안 했으니까요. 그 나이가 되도록 결혼도 못 했고……. 본인 성격 탓도 있지만, 나도 더 신경을 썼어야 했다고 반성하고 있습니다."

그의 목소리가 침울해졌다.

의외로 솔직한 심정을 털어놓았을지도 모른다. 얼마 전 동생에게 돈을 뜯어내려고 한 것도 사실이지만.

"겐지처럼 눈을 떠다준다고 해결되는 일도 아니니까요. 이제 와서 내가 사토코에게 뭘 해줘도, 그게 도솔천의 양식이 되어주지는 못하겠지요."

그는 그렇게 말하며 시오리코 씨를 힐끗 보았다.

도솔천의 양식. 어디서 들어본 것 같은 말이었다.

"『봄과 아수라』에 실린 「영결의 아침」의 한 구절이네요."

시오리코 씨가 지적했다.

그러고 보니 그랬다. '오늘 먼 길을 떠날 누이여'로 시작되는, 동생의 죽음을 묘사한 유명한 시다.

그는 그 말을 듣자마자 환하게 웃으며 말했다.

"맞습니다. 아가씨는 정말 어머니를 쏙 빼닮았군요. 지에코도 내 말을 들으면 어디서 인용한 건지 전부 알아맞혔죠."

그는 초점 없는 눈으로 먼 곳을 보았다.

"얼굴도 예쁘고, 똑똑하고, 마음씨까지 고운······. 문학 소녀라는 말이 어울리는 애였지. 같은 책벌레라도 사토코와는 딴판이었어. 이런 애가 내 동생이면 얼마나 좋을까, 볼 때마다 그런 생각을 했죠. 요새는 어떻게 지냅니까? 동생한테는 소식을 못 들은 지 오래인데."

시오리코 씨는 더욱 미간을 찌푸렸다.

시노카와 지에코가 어떤 사람인지, 시노카와 집안에서 무슨 일이 일어났는지, 다마오카 이치로는 전혀 모르는 듯했다.

"정말 이상한 사람이네요."

다마오카 이치로와 헤어져 차에 올라타자마자 나는 그렇게 말했다. 그 자리에서는 대화를 중간에 끊기 싫어서 가만히 있었다.

아직 오늘 볼일은 끝나지 않았다. 이제 나마오카 이치로의 부인과 만나기로 한 장소로 가야 한다.

나는 시동을 걸어 차를 출발시켰다.

"자기 여동생한테 그런 소리나 하고. 정말 저 사람이 훔친 게 아닙니까? 제 눈에는 수상쩍기만 한데요."

"어디까지 이 사건에 관련되었는지는 모르지만."

시오리코 씨가 대답했다. 그녀 역시 이치로와의 대화가 썩 유쾌하지는 않았는지 아직도 미간에 주름이 잡혀있었다.

"그분이 직접 서재에서 책을 훔치는 건 물리적으로 불가능해요."

"불가능하다고요?"

우리는 요코스가의 시가지를 빠져나와 절벽 같은 급경사가 이어진 도로로 접어들었다. 가마쿠라보다 고저차가 심한, 산이 많은 동네였다.

"어제 다마오카 사토코 씨가 하신 이야기를 떠올려보세요. 이치로 씨는 빈손으로 왔다고 하셨죠? 설령 화장실에 가는 척하면서 『봄과 아수라』를 훔쳤다고 해도 보관할 곳이 없어요. 겉옷도 없이 얇은 스웨터 차림이었다니 옷 아래 숨길 수도 없었을 테고요."

"아."

그도 그렇다. 훔친 책을 들고 돌아올 수도 없을 테니까.

"차에다 책을 두고 다시 돌아온 게 아닐까요? 아니면 어디다 숨겨놨다 돌아가는 길에 가져갔을 수도 있고요."

"자리를 비운 시간은 고작 1,2분이었다고 했어요. 몰래 대문 밖에 세워둔 차에 갔다가 다시 집안으로 돌아오는 건 시간적으로 어렵죠. 사토코 씨가 대문까지 배웅했다니까 돌아가는 길에 가져가지도 못했을 테고요."

"아, 부인이 핸드백을 들고 있었다고 했잖아요. 남편이 훔쳐서 숨겨놓은 책을 부인이 나중에 가져간 게……. 아, 불가능하겠네요."

말이 끝나기 전에 생각이 났다. 먼저 자리를 비운 건 부인이다. 적어도 실행범은 다마오카 이치로가 아니다.

"그래도 다마오카가 책에 대해 알려주고 부인이 훔쳤을 가능성은 있지 않습니까. 고서에 대한 전문 지식을 가진 사람이 돕지 않으면 단시간에 찾아서 훔치기 어렵지 않나요?"

"그건 그렇지만, 제 생각에는 다마오카 이치로 씨가 고서를 잘 아는 것 같지는 않아요. 적어도 『봄과 아수라』의 초판본을 여러 번 읽었다는 말은 거짓말이에요."

"그걸 어떻게 아세요?"

아까 대화에서도 「영결의 아침」의 한 구절을 인용하던데.

"현재 『봄과 아수라』는 여러 출판사에서 출판됐는데, 대부분의 판본은 「영결의 아침」의 끝부분이 이렇게 돼요."

네가 먹을 이 두 그릇의 눈에
나는 지금 진심으로 기원한다

부디 이것이 도솔천의 양식이 되어
이내 너와 모두에게
신성한 모든 것으로 내리길
나의 모든 행복을 걸고 기원한다

"이건 아시죠? 아까 다마오카 씨가 인용한 부분이에요."
"……네."
나는 운전대를 잡은 채 고개를 끄덕였다. 내가 교과서에서 읽은 시도 그것이었다.
"참고로 '도솔천'이란 불교 용어로, 천계의 넷째 하늘이에요. 욕망에서 해방된 천인들이 사는 외원과 미륵보살이 사는 내원으로 나뉘어있다고 해요."
설명을 들어도 잘 이해가 가지 않았다. 마음이 깨끗한 사람들이 세상을 떠나면 가는 곳이라고 생각하면 될까.
"하지만 세키네쇼텐에서 나온 『봄과 아수라』에는 이 '도솔천'이라는 말이 나오지 않아요. 이렇게 나오죠."

네가 먹을 이 두 그릇의 눈에
나는 지금 진심으로 기원한다
부디 이것이 천상의 아이스크림이 되어
너와 모두에게 신성한 모든 것으로 내리길

내 모든 행복을 바쳐 기원한다

"……어때요, 다르죠?"

초판본이 조금 표현이 부드럽지만, 운율은 내가 아는 쪽이 더 나은 것 같았다. 어느 쪽이 나은지 솔직히 판단을 내릴 수가 없었다.

"왜 다른 겁니까?"

"미야자와 겐지는 『봄과 아수라』가 출판된 뒤에도 작품을 계속 퇴고했어요. 「영결의 아침」이 초판본과 다른 건 겐지의 사후에 발견된 수정본을 반영했기 때문이에요."

나는 시오리코 씨의 이야기에 점점 빠져들고 있었다. 이런 이야기는 처음 듣는다.

"그럼 그 밖에도 수정된 시가 또 있습니까?"

"네."

옆자리의 시오리코 씨가 고개를 끄덕였다.

"한 편이 아니라 모든 작품을 퇴고했거든요. 게다가 그렇게 수정된 『봄과 아수라』를 몇 종류나 남겼어요. 존재하는 건 분명하지만 아직 발견되지 않은 수정본이 있을 정도에요."

수정 원고가 몇 종류나 있다는 건가. 그러고 보니 『은하철도의 밤』도 여러 번 개고되었다고 들었다. 『봄과 아수라』

도 그와 비슷하겠지.

"왜 그렇게 여러 번 고친 겁니까? 출판도 됐다면서요."

"겐지에게 『봄과 아수라』는 '심상 스케치' 모음집이었어요. 이 책에 실린 건 시가 아니라 순간순간의 심상을 대략적으로 묘사한 스케치일 뿐이라는 식의 말도 남겼고요. 작가 본인은 결코 이 책을 '시집'이라 부르지 않았어요. 대략적인 형태를 거칠게 묘사한 소묘, 그렇게 생각하고 퇴고한 게 아닐까요."

"응? 하지만 책등에는 '시집'이라는 말이 인쇄되어있었는데요."

"그건 저자의 뜻과 상관없이 들어간 말이에요. 『봄과 아수라』는 당시 지방에서 출판된 책치고는 장정에도 상당히 신경을 쓴 편이에요. 그렇지만 겐지의 이상과는 거리가 멀었죠. 오자도 많고요."

"하긴."

표제지부터 '심상 슷케치'라고 오자를 냈으니, 지은이도 맥이 빠졌겠지.

"그럼 아까 다마오카 이치로가 한 말은?"

초판본만 보았다는 그의 말은 단순한 거짓말이 아니었다. 지은이조차 불만을 가진 책을 '완벽하다'고 표현했다. 되는대로 주워섬긴 것이다.

'그렇다면.'

고서에 관한 전문적인 지식도 없고, 책을 훔칠 기회도 없다면 이번 사건과는 무관하다고 봐야 할지도 모른다.

"부인이 독단으로 훔친 겁니까? 하지만……."

다마오카 사유리는 남편보다 더 고서에 대해 무지하다고 했다. 실상은 그와 다를지도 모르지만.

"아직 뭐라고 말할 수가 없네요. 다른 가능성도 있는 것 같아요."

그게 무엇인지 나는 짐작이 가지 않았다.

그녀는 더 이상 아무 말도 하지 않았다. 일단 다마오카 사유리를 만나고 나서 판단할 일이라는 뜻이리라.

우리가 탄 차는 터널을 지나 즈시에 들어섰다.

이제 막 정오가 되었을 뿐이다. 왠지 긴 하루가 될 것 같은 느낌이 들었다.

6

다마오카 사유리가 만나자고 한 곳은 하야마 마리나_{가나가와 현 하야마에 위치한 유명 크루징 리조트. 후지산이 한눈에 보여 관광지로 이름 높다} 근처에 있는 깔끔한 카페 겸 레스토랑이었다.

일찍 도착한 우리는 그곳에서 점심을 먹기로 했다.

3월 초 평일이라 점심시간인데도 손님이 얼마 없었다. 우리는 바다가 한눈에 보이는 창가 자리에 앉았다.

마치 데이트 같은 상황이었다. 시오리코 씨가 어떻게 생각할지 궁금했지만, 정작 그녀는 별생각이 없는 듯했다. 이 기회에 미야자와 겐지의 책에 관해 이야기하자면서 고서 이야기를 꺼냈을 뿐이다. 분위기를 바꾸고 싶은 마음은 있었지만, 그녀의 이야기가 재미있는 바람에 다른 말은 꺼내지도 못했다.

식사를 마치고 커피를 마시면서 시오리코 씨의 이야기를 들었다. 미야자와 겐지 전집 출판에 고서점이 깊이 관련되어 있고, 고서 업계의 도움이 없었다면 세상에 나오지 못했을 거라고 한다.

정신없이 듣다 보니, 어느새 테이블 옆에 보라색 체크무늬 코트를 입은 중년 여성이 서있었다.

큰 키에 예쁘장한 얼굴이었지만, 허리가 굽은 데다 비쩍 마른 체형이었다. 짧게 자른 머리카락 때문인지 얼굴 골격이 부각되어 보였다. 전체적으로 지쳐 보이는 인상이었다.

"다마오카 사유리입니다."

그녀는 단조로운 목소리로 말했다. 빈자리에 앉더니 우리가 자기 소개할 틈도 주지 않고 카푸치노를 주문했다.

"즈시의 지점에 다녀오는 길에는 항상 여기 들러 숨을 돌리죠."

얼른 이야기를 끝내달라는 뜻으로 들렸다.

시오리코 씨는 황급히 인사하며 내 소개까지 했다.

"사토코 아가씨 책이 없어졌다고 들었어요. 무슨 책인지는 모르지만."

"아, 네. 미야자와 겐지의 『봄과 아수라』 초판본이에요."

시오리코 씨의 목소리가 살짝 상기됐다. 늘 그렇지만 이런 무뚝뚝한 사람과 이야기할 때는 더욱 긴장이 되는 모양이다. 앞으로 책 이야기가 길어지면 딴사람처럼 달라지겠지.

다마오카 사유리는 눈썹도 꿈쩍하지 않았다. 그런 책은 처음 듣는다는 표정이었다.

"다마오카 사토코 씨의 의뢰를 받아서, 지난 주 일요일에 일어난 일에 대해 여러분께 이야기를 듣고 있는 중이에요."

"이야기라."

사유리는 비아냥대듯 중얼거렸다. 그녀 입장에서는 우리에게 좋은 감정이 있을 리 없었다.

"그 댁 전화를 쓰셨다고 들었는데, 어디다 연락하신 건가요?"

"우리 집에요."

의외로 순순히 대답이 돌아왔다.

"아들 입학시험이 코앞이었는데, 조금만 눈을 떼면 금방 놀러 나갔거든요. 책상 앞에 붙어있는지 보려고 전화했죠. 평소에도 자주 그렇게 감시하는 편이고요."

자식 교육에 열심인 건 좋지만, 중학생씩이나 된 아이에게 너무 과한 간섭이다. 아이가 싫어하지 않을까.

"아드님은 집에 있었나요?"

"있었어요. 5분쯤 통화했죠. 전화를 끊고 페트병에 든 차로 약을 먹고 바로 응접실로 돌아갔어요. 감기 기운이 있었거든요."

응접실에서 가방을 들고 나온 건 약을 먹기 위해서였던 것이다.

다마오카 사토코의 이야기가 사실이라면 그녀가 복도에 있던 시간은 겨우 5분이었다. '5분쯤' 통화를 했다면 전화를 끊고 복도 끝에 있는 서재로 가 책을 훔치기는 어려울 것 같다.

물론 그녀의 이야기가 사실이라는 보장은 없다. 진위 확인을 하려면 아들에게 통화했는지 물어볼 수밖에 없지만, 이 사람이 순순히 허락할 리가 없다.

"지금 우리 집에 전화해서 아들에게 물어보시든지요? 시험이 끝나서 집에서 빈둥대고 있을 거예요."

뜻밖에도 사유리가 먼저 그렇게 말했다.

"네? 그래도 되겠습니까?"

나는 저도 모르게 물었다. 퉁명스러운 표정과는 달리 협조적이었다.

"내가 책을 훔쳤다고 의심하는 거잖아요."

그때 주문한 카푸치노가 나왔다. 그녀는 종업원이 자리를 떠나기를 기다렸다 카푸치노를 한 모금 마셨다.

"나는 몇 분 동안 자리를 비웠고, 책을 넣을 수 있는 가방도 들고 있었어요. 이대로 두면 계속 나를 의심할 거 아니에요. 도둑 취급 받기는 싫어요."

아까 만난 다마오카 이치로의 답답한 표정이 뇌리를 스치고 지나갔다. 남편조차 아내의 결백을 믿지 않았다.

"그럼, 지금 댁으로 찾아뵙고 아드님과 직접 이야기를 해봐도 될까요?"

시오리코 씨는 난데없이 그렇게 말했다.

"네?"

사유리는 인상을 찌푸렸다.

"꼭 필요한 일인가요?"

"······네."

잠시 뜸을 들였다 단호하게 대답했다. 무엇 때문에 그렇게까지 해야 하는지는 모르겠지만, 분명 뭔가 생각이 있는 것이리라.

"마음대로 해요. 하지만 아들한테 책을 훔쳤네 어쨌네 하는 이야기는 하지 마요. 통화를 했는지만 확인하세요."

"이해해주셔서 감사합니다."

시오리코 씨는 꾸벅 고개를 숙였다.

다마오카 사유리는 다시 찻잔을 들었다. 이곳에 오래 있을 생각은 없는 것 같았다.

"사모님은 책을 잘 읽지 않으신다고 들었어요."

"맞아요. 솔직히 별로 좋아하지도 않아요. 시댁에 처음 인사드리러 갔을 때 무심코 이 얘기를 해버려서 아버님과는 거의 이야기도 못 했어요. 책 좋아하는 사람이 아니면 가까워질 수 없는 분이셨죠."

그때 일이 떠올랐는지 사유리는 쓴웃음을 지었다.

"시아버님의 서재에 들어가신 적이 있나요?"

"없어요."

그녀는 진저리가 난다는 듯 말했다.

"사방이 책등으로 에워싸인 공간이라니, 뭔가 소름끼치지 않아요? 그래서 서점이나 도서관도 별로 안 좋아해요."

"그렇군요."

시오리코 씨는 살짝 고개를 갸웃거리며 진지한 표정으로

생각에 잠겼다. '책을 싫어한다'는 심리 상태를 이해하지 못하는 것 같다.

"그나저나 『봄과 아수라』란 책이 그렇게 비싸요?"

"상태가 좋으면 시가로 100만 엔은 나가는 책이에요."

"어머, 그렇게나? 굉장하네요."

사유리는 눈을 빛내며 찻잔을 내려놓았다.

"역시 그 책들, 비싸게 팔리는군요. 그러니까 기부하지 말고 팔아버리자니까, 어찌나 고집이 센지."

고서에는 관심이 없지만 가격에는 관심이 있는 모양이다.

"사토코 씨는 돈 때문에 책을 찾으시는 게 아니에요. 이런 말 드리기는 그렇지만, 만일 책을 찾을 수만 있다면 그만한 보상은 하겠다고 하셨어요."

갑자기 시오리코 씨 옆에 앉은 사유리의 얼굴에서 표정이 사라졌다. 그녀는 허리를 곧추세운 채 잠시 꿈쩍도 하지 않더니, 이내 의자 등받이에 몸을 기댔다.

"아가씨가 정말 그랬어요?"

"네……."

"역시 여윳돈이 있었네."

생기 없는 건조한 입술 사이로 한숨이 흘러나왔다.

"그런 소리를 아무렇지도 않게 하는 걸 보면 역시 부잣집

아가씨라니까. 우리 그이도 그래요. 뭔가 생각이 어리다고 해야 하나."

그녀는 혼잣말처럼 중얼거리더니, 당혹스러워하는 우리를 번갈아 보며 말을 이었다.

"아버님이 돌아가실 때 상속 문제를 너무 대충 처리하셨어요. 우리는 가게, 아가씨는 가마쿠라 집을 물려받았는데, 가게에는 빚이 있었죠. 당장 문 닫아야 할 정도는 아니지만 솔직히 힘들어요. 우리는 돈을 구하겠다고 발바닥에 불이 나게 뛰어다니는데, 비싸게 팔 수 있는 책을 기부한다는 이야기를 들으니 좋겠어요? 당연히 책을 팔아서 돈을 나누자고 했죠. 그게 모두에게 가장 좋은 길이잖아요."

그런 사정이 있었다니.

아마 이 사람은 나름대로 마음고생이 심했을 것이다. 책을 팔자고 열심히 졸라댄 심정도 이해가 갔다.

"말해두겠는데, 그렇다고 책을 훔치지는 않았어요. 만일 훔쳤다면 이 자리에서 내놓고 말지, 돈을 준다는데 뭐 하러 갖고 있겠어요?"

그녀는 손목시계를 보더니 일어나 코트를 입었다. 휴식 시간은 끝난 모양이다.

"그만 가죠. 우리 집 주소는 알아요?"

"아, 네. 사토코 씨에게 들었어요. 저기, 하나만 더 여쭈

어도 될까요?"

시오리코 씨가 집게손가락을 세우며 말했다.

"언제 가마쿠라 집을 찾아가기로 정하신 건가요?"

코트 소매에 팔을 집어넣으려던 사유리가 동작을 멈췄다. 그녀는 눈을 가늘게 뜨고 기억을 더듬듯 창밖을 보았다. 보트 한 척이 물결을 일으키며 돌아오고 있었다.

"당일 아침이었을 거예요. 아침식사를 하다가 남편한테 언제 아가씨한테 책을 팔라고 말 거냐고 했더니, '오늘 아침부터 창고를 정리한다고 했으니까 분명 집에 있을 거야'라고 말하더군요. 그래서 그길로 찾아간 거죠. 궁금한 건 그것뿐이에요?"

"네. 시간 내주셔서 감사합니다."

시오리코 씨는 정중하게 감사 인사를 했다.

"다이스케 씨는 사유리 씨의 이야기를 듣고 무슨 느낌을 받으셨어요?"

레스토랑에서 나와 차에 올라타자 시오리코 씨는 그렇게 물었다. 봉고차는 다리를 건너 해안도로를 지나고 있었다. 바닷바람이 윙윙 소리를 내며 불어왔다.

"제가 보기에는 거짓말을 하는 것 같지는 않던데요."

경제적으로 힘든 건 분명했지만, 그런 성격이면 직설적

으로 돈을 달라고 할 것 같다. 몰래 책을 훔치는 건 어울리지 않는다는 인상을 받았다.

"시오리코 씨는요?"

"저는……, 적어도 서재에 들어가 본 적 없다는 말은 사실이라고 생각해요."

"어째서요?"

"그 댁 책장 구조를 생각하면 '사방이 책등으로 에워싸인 공간'일 수가 없거든요."

"아!"

햇빛과 먼지를 피하기 위해서인지, 서재에 있는 모든 책장에는 불투명 유리문이 달려있어서 안이 확실히 보이지 않았다. 그 방에 들어가 본 적이 없으니 '책등으로 에워싸였다'는 표현을 할 수 있는 것이다. 이렇게 받아들이기를 노리고 한 말일 수도 있지만.

"그나저나 왜 아들까지 만난다고 한 겁니까?"

전화 통화를 했던 당시의 상황을 알아내려는 거라면 직접 만날 필요까지는 없다.

"어머니가 없는 곳에서 아이와 편하게 이야기를 나누고 싶었어요. 그리고 전화기를 살펴봐야 하거든요."

"전화기는 왜요?"

"아주 오래된 모델이 아니면 대부분 착신 이력이 남아있으니까요. 발신자 번호 표시 서비스를 신청했다면 상대 번호도 같이 뜨고요."

"아, 그렇구나."

다마오카 사유리가 그 시간에 사토코의 집에서 전화를 걸었는지 확인하려는 것이다. 그 역시 증거 중 하나니까.

"아마 전화가 오긴 왔을 거예요."

시오리코 씨는 인기척 없는 해변을 바라보며 중얼거렸다.

나는 머릿속에서 상황을 정리했다. 아까 들은 이야기가 모두 사실이고, 아들과 5분쯤 통화하기 위해 잠깐 자리를 비운 거라면 다마오카 사유리는 『봄과 아수라』를 훔치지 않았다고 봐야 한다.

'하지만 뭔가 이상해.'

그녀의 남편도 책을 훔칠 수 없었다. 그렇다면 범인은 없다는 얘기가 된다.

"시오리코 씨는 둘 중 누가 훔쳤다고 생각합니까?"

그녀는 범인에 대해 명확히 말하는 걸 피하고 있다. 오늘 하루 했던 말들을 종합해보면 부삭정 모든 가능성을 검증하는 게 아니라 특정 가설을 염두에 두고 있는 듯한 느낌이 들었다.

"아직 결론을 내지는 못했지만."

그녀는 잠시 입을 다물었다 이내 말을 이었다.
"오늘 안으로 『봄과 아수라』의 행방을 알아낼 수 있을 것 같아요."

7

다마오카 이치로의 집이 있는 다카노는 기타가마쿠라의 산중턱에 자리한 주택가였다.

수십 년 전에 조성된 동네지만 산기슭에서 이어지는 길이 얼마 없어서 기타가마쿠라 역에서 출발하니 의외로 시간이 오래 걸렸다. 다마오카 이치로가 동생의 집까지 차로 10분 거리라고 했던 건 과장이 아니었다.

우리는 주변 집들보다 한층 높은 곳에 자리한 커다란 단독주택 앞에서 내렸다. 짧은 언덕을 내려오면 내가 다니던 고등학교의 건물이 나오고, 그 너머로는 하코네 산이 희미하게 보였다. 경치만 따지면 둘도 없는 곳이다.

다마오카 가의 문패에는 세 사람의 이름이 새겨져있었다. '다마오카 이치로', '다마오카 사유리', 그리고 '다마오카 스바루'. 이 스바루가 아들의 이름이리라.

나는 문을 열고 지팡이를 짚은 시오리코 씨를 안으로 들여보냈다. 울타리 뒤에는 아들의 것인 듯한 자전거가 세워져 있었다. 자전거가 있는 걸 보니 집에 있는 모양이다.

현관 앞에 선 시오리코 씨는 인터폰을 누르고 대답을 기다렸지만, 그보다 먼저 문이 열렸다.

문을 열고 나온 건 검은 운동복 차림의 통통한 소년이었다. 투블럭컷으로 자른 머리를 윗부분만 밝게 염색했다. 흰자위가 넓은 소년의 눈동자가 뿔테 안경 너머로 무표정하게 우리를 바라보고 있었다.

"아, 우리는 다마오카 사토코 씨의……."

"엄마한테 들었어요."

소년은 시오리코 씨의 말을 막고 엄지손가락으로 자신을 가리켰다.

"다마오카 스바루예요. 들어오세요."

소년은 현관문을 활짝 열었다. 본인의 잘못은 아니지만, '스바루'라는 이름이 주는 어감과 잘 어울리지 않는 얼굴이다.

우리를 거실로 안내한 다마오카 스바루는 손님용 찻잔에 차를 따르더니 다과까지 꺼내서 쟁반에 받쳐 왔다. 그리고 주머니에 손을 넣고 무뚝뚝한 표정으로 우리 맞은편에 앉았다. 예의가 바른지 없는지 종잡을 수가 없다.

우리에게는 차를 대접했지만, 본인 앞에는 요구르트가

하나 놓여있었다. 간식인 것 같다.

"지난주 일요일에 있었던 일을 들으러 왔다고요?"

소년은 담담하게 말했다.

체격은 아버지를, 성격은 어머니를 닮은 것 같다. 중학생이라고는 믿기지 않을 만큼 차분한 태도다.

"어? 마, 맞아요. 맞는데……."

시오리코 씨는 우물거리며 말을 잇지 못했다. 상대는 중학생인데도 잔뜩 긴장하고 있다.

나는 헛기침을 하며 대신 말문을 열었다. 생각해보니 하루 종일 시오리코 씨만 말하게 놔뒀다.

"지난주 일요일에 있었던 일을 가르쳐줄래? 아침부터 점심때까지 있었던 일이면 돼."

"지난주 일요일요? 그러죠."

소년은 살짝 고개를 끄덕였다.

"전날에 늦게까지 시험공부를 해서, 아침에 엄마가 깨워줬어요. 집에서 아침을 먹고 나서 아빠랑 엄마가 고모 집에 갔는데."

"그때가 몇 시였지?"

"아빠가 나간 게 11시 전이었어요. 2층에 올라가 기출문제를 풀고 있는데, 11시 20분쯤에 고모 집에 있는 엄마한테 전화가 왔죠."

다마오카 스바루는 구석에 있는 탁자를 가리켰다. 유리로 된 시계 옆에 디스플레이 화면이 달린 팩스 겸용 전화기가 놓여있었다.

"여기서 전화를 받았니?"

"네. 무선전화기 배터리가 나가서 2층에서 뛰어 내려왔어요."

"무슨 대화를 나눴는지 이야기해줄래?"

"음, 대화라기보다는……."

스바루는 살짝 고개를 돌리고 생각에 잠겼다.

"엄마가 일방적으로 쏘아댄 거죠. 공부는 제대로 하고 있느냐, 냉장고에 요구르트가 있으니까 꺼내 먹어라, 너무 많이 먹지는 마라, 그런 쓸데없는 얘기를 5분쯤 참고 들었어요."

말을 마치고 살며시 한숨을 쉬었다. 듣자 하니 전화 때문에 오히려 공부의 맥이 끊긴 것 같다.

"그래서?"

"잔소리 집어치우라고 하고 끊었어요. 나중에 한 대 맞았지만. 잘못했다고 빌었죠."

역시 담담한 말투였다. 뭐, 잘못을 빌었으니 됐다.

어쨌든 어머니의 이야기와 세세한 부분까지 일치했다.

"저기, 전화 좀 봐도 될까요?"

시오리코 씨가 머뭇거리며 물었다.

소년은 고개를 갸웃거리며 힐끗 탁자를 보았지만 이내 그러라고 허락했다. 그녀가 일어나 돌아가려 하자, 스바루는 금세 의자를 앞으로 움직여 길을 비켜주었다.

"지나갈 수 있어요?"

의자와 테이블 사이에 배가 껴서 힘겨워 보였다. 붙임성은 없지만 의외로 남을 배려할 줄 아는 아이다.

"아, 네. 고마워요."

시오리코 씨는 탁자 앞에서 전화기 버튼을 눌렀다. 착신 이력을 확인하는 것이리라.

이내 내 쪽을 돌아보며 고개를 끄덕였다. 다마오카 모자가 말한 시간에 통화 기록이 남아있다는 뜻이다.

물론 정확한 통화 시간은 이력으로 확인할 수 없다. 다마오카 사유리가 바로 전화를 끊고 서재로 가 책을 훔쳤을 가능성도 있지만, 이 소년이 어머니와 입을 맞춰 범행을 도왔을 것 같지는 않았다.

아까 시오리코 씨는 오늘 중으로 『봄과 아수라』의 행방을 알아낼 수 있을 거라고 했다. 하지만 오히려 사건 해결은 요원해지는 기분이 든다.

대체 앞으로 어쩔 작정인 걸까.

"두 분 다 비블리아 고서당에서 일하죠?"

갑자기 스바루가 물었다. 시오리코 씨가 힐끗 나를 보았다.
"우리 가게에 온 적이 있니?"
내가 물었다.
"사지는 않았지만 몇 번 갔어요. 책을 싫어하지는 않거든요."
"다음에 또 들러줘요."
자리로 돌아온 시오리코 씨가 부드럽게 웃으며 말했다.
"마음 내키면요."
여전히 말투는 무뚝뚝했지만 뺨이 살짝 발그레해졌다. 나는 처음으로 이 소년에게 친근감을 느꼈다.
"실은 고모님……, 다마오카 사토코 씨가 책을 도둑맞았어요."
시오리코 씨는 갑작스레 그렇게 말했다.
"어?!"
마시던 차를 뿜을 뻔했다. 아까 사유리가 아들에게는 알리지 말라고 그렇게 당부했는데 서슴없이 말해버리다니?
"아, 그래요."
스바루는 긴성으로 대꾸했다. 별 관심 없어 보인다.
"네. 미야자와 겐지가 생전에 출판한 작품의 초판본인데, 지금은 아주 구하기 어려운 책이에요. 혹시 알아요?"
"네. 『봄과 아수라』죠? 유명한 책이고, 내 이름과 같은 제목의 작품도 있어서요."

"아까부터 궁금했어요. 『봄과 아수라』에 「좀생이별플레이아데스 성단의 우리말 이름. 일본어로는 昴(스바루)라고 함」이란 작품이 있죠. 혹시 거기서 따온 이름인가요?"

"아니에요. 아빠가 다니무라 신지일본의 가수. '스바루'는 그의 히트곡 이름의 열렬한 팬이거든요. 하지만 만일 누나가 물어보면 분명히 겐지의 시에서 따왔다고 하겠죠. 아빤 엉큼하니까요."

소년은 처음으로 씩 웃었다. 의외로 살가운 미소였지만, 그 입에서 나온 건 아버지의 험담이었다.

나는 시오리코 씨의 태도가 신경 쓰이기 시작했다. 눈치채지 못하는 사이 말투며 목소리에서 긴장이 흔적도 없이 사라졌다.

책에 얽힌 수수께끼를 풀 때면 보이는 모습이다.

"『봄과 아수라』의 어떤 작품을 좋아해요? 역시 「좀생이별」?"

"음, 「진공용매」요. 멋지잖아요. 길지만."

스바루 역시 이야기에 재미를 느낀 듯 우리 쪽으로 당겨 앉았다. 시오리코 씨는 기쁜 표정으로 두 손을 모았다.

"그거 좋죠. 나도 여러 번 읽었어요. '융동融銅은 아직 빛나지 않고 / 하얀 햇무리도 타오르지 않는다' ……"

"'오로지 지평선만 밝아졌다 어두워지고 / 반쯤 녹았다 가라앉았다'."

한두 번 읽은 게 아닌지 소년 역시 술술 시를 암송했다. 그러자 시오리코 씨의 입꼬리에 걸린 미소가 초승달처럼 커졌다. 어찌된 영문인지 나는 등골이 오싹해졌다.

"스바루가 좋아하는 건 『봄과 아수라』 초판이군요."

그녀는 낭랑한 목소리로 말했다.

"무슨 말이에요?"

"지금 판매되는 거의 모든 『봄과 아수라』에서는 그 부분이 이렇게 바뀌어있어요. '오로지 남동藍銅 빛의 지평선만 / 환해졌다 어두워졌다 / 반쯤 녹았다 가라앉았다'. 초판본을 어디서 읽었죠?"

다마오카 스바루의 미소가 살짝 흐려졌다.

나는 그 얼굴을 뚫어져라 바라보았다. 설마 이 소년이……?

"……꼭 초판본이 아니라도 그 시는 읽을 수 있어요. 지쿠마쇼보에서 나온 전집이나, 지쿠마문고에도 실렸고."

"맞아요. 하지만 **애초에 왜 내가 말한 책이 『봄과 아수라』일 거라고 생각했죠?**"

"네?"

"난 이렇게 말했어요. '미야자와 겐지가 생전에 출판한 작품의 초판본'이라고. 그거라면 『주문이 많은 요리점』도 해당하죠. 스바루 군은 당연히 알겠죠? 외할아버지 댁에 종종 놀러갔다니."

소년은 꿀꺽 침을 삼켰다.

생각해보면 다마오카 사토코 역시 그런 말을 했다. 오빠와는 거의 왕래가 없었지만 조카는 가끔 아버지를 찾아왔다고.

"그 댁에 엄청난 고서가 있고, 사토코 씨가 아침부터 창고 정리를 한다는 걸 알았던 사람은, 부모님을 제외하면 스바루 군밖에 없어요."

그녀의 말이 맞다. 그리고 부모님과 달리 스바루는 범인의 조건을 갖췄다. 미야자와 겐지의 초판본에 대한 지식도, 훔칠 기회도 있었다.

"당신은 부모님이 출발하시자 곧바로 자전거를 타고 그 집에 갔어요. 정원에 있는 사토코 씨 몰래 집에 들어가 『봄과 아수라』를 가지고 나왔죠. 아닌가요?"

"……엄마랑 아빠는 차를 타고 갔어요."

소년은 고개를 숙이고 눈을 돌린 채 작은 목소리로 반박을 시도했다.

"자전거로 앞지를 수 있을 리가……."

"아니, 충분히 앞지를 수 있지. 그건 나도 알아."

나는 한숨을 쉬며 말했다. 아직도 잡아뗄 작정인가?

"여기서 그 집까지는 차로 10분쯤 걸려. 하지만 그건 차가 다닐 수 있는 길이 얼마 없기 때문이야. 여기서 산을 지나 그쪽으로 갈 수 있는 계단이 있지. 나는 이 옆의 고등학교를 나왔는데, 학교 다닐 때 기타가마쿠라 역까지 그 길로 다녔기 때문에 잘 알아."

나뿐 아니라 이 동네 사람이면 누구나 안다. 거기까지 자전거를 타고 가서 계단을 내려가면 채 5분도 되지 않아 그 집에 도착할 수 있다. 책을 훔쳐서 현장에서 나와 어머니가 전화하기 전에 집에 들어올 시간은 충분하다.

"고모님은 스바루 군의 부모님을 의심하고 계세요."

시오리코 씨의 말에 다마오카 스바루의 작은 눈이 휘둥그레졌다.

"정말로요?"

일이 그렇게 될 가능성은 생각하지 못한 모양이다. 시오리코 씨는 고개를 끄덕였다.

"이대로 책이 사라지면 스바루 군의 부모님은 계속 누명을 쓰게 될 거예요."

소년은 입술을 꽉 깨물며 탁자 위에 올린 두 손을 꼭 쥐었다.

"내가 책을 가져갔어요. 죄송합니다."

스바루는 쉰 목소리로 말했다.
"하지만 훔친 게 아니라…… 볼일이 끝나면 돌려놓으려고 했어요."

8

우리는 2층 스바루의 방으로 이동했다.

볕이 잘 드는 방으로 깔끔하게 정돈되어있었다. 침대와 책상 말고는 책장 하나가 놓여있을 뿐이었다.

책장 아래쪽에 꽂힌 책들은 나쓰메 소세키와 모리 오가이, 시마자키 도손 등 메이지, 다이쇼 시대의 일본문학 작품의 문고본이었지만, 위쪽에는 만화와 라이트노벨 시리즈가 가지런히 꽂혀있었다.

"유행하는 책도 대충 파악하고 있어요."

아무것도 묻지 않았는데 스바루는 가슴을 펴며 그렇게 말했다. 뭘 자랑하는 건지 잘 모르겠다.

양장본은 얼마 없었지만, 대부분이 미야자와 겐지에 관련된 평론집이나 연구서였다.

시오리코 씨는 말없이 책장을 바라보다 벽 쪽으로 시선을 돌렸다.

"아!"

날카로운 목소리에 화들짝 놀랐다.

"무슨 일입니까?"

"저, 저 그림……."

벽에는 그림 액자가 걸려있었다. 옅게 채색한 연필 스케치로, 수국이 담긴 유리 꽃병을 깔끔한 필치로 그린 그림이었다.

어디서 본 것 같은데……. 그것도 얼마 전에.

"할아버지가 그린 그림이에요."

스바루가 말했다.

"솔직히 잘 그린 그림은 아니지만 나한테 물려준 거라서요. 할아버지는 그림을 그릴 때 항상 어딘가에 수국을 넣었대요."

그제야 깨달았다.

일전에 비블리아 고서당의 안채에서 보았던, 시오리코 씨의 어머니를 그린 그림.

꽃잎이며 이파리 모양이 그 그림의 수국과 똑같았다. 다마오카 가의 서재에 들어갔을 때 의자며 탁자가 눈에 익었던 것도 그림과 같은 모양이었기 때문이다. 분명 그 서재에서 시노카와 지에코를 모델로 그린 그림이리라.

'그렇게 된 일이었나!'

한마디로 그 그림은 다마오카 사토코의 아버지, 이 소년의 할아버지가 시노카와 지에코에게 선물한 것이다. 날짜는 분명 1980년 6월. 다마오카 사토코의 아버지가 두 번째 『봄과 아수라』를 구입했을 무렵이다.

"저기, 이 책이에요."

다마오카 스바루가 우리에게 박스에 든 책을 내밀었다. 세키네쇼텐판 『봄과 아수라』였다. 하지만 다마오카 사토코가 보여준 책과는 상태가 너무 달랐다. 제목이 인쇄된 종이는 누렇게 변색되었고, 가장자리 부분도 너덜너덜했다.

시오리코 씨는 다시 한 번 그림을 보고 나서 『봄과 아수라』를 건네받았다. 지금은 이 일을 해결하는 게 우선이다. 그녀는 바닥에 앉아 책을 꺼내 확인했다.

나와 스바루도 시오리코 씨를 따라 앉았다.

천으로 장정한 표지는 빛이 바랜 데다 군데군데에 얼룩이 배어있었다. 특히 책등 모서리가 까맣게 물들어서 '시집'이라는 글자가 거의 보이지 않았다. 시오리코 씨는 얼룩을 자세히 들여다보며 상태를 확인했다.

"내가 그런 게 아니에요. 할아버지 말로는 샀을 때부터 그랬대요."

소년이 말했다.

"할아버지가 이 책을 보여주신 적이 있구나?"

"네. 할아버지가 돌아가실 때까지 몇 년 동안은 꽤 친하게 지냈어요. 어릴 때는 말수도 적고 가끔 용돈이나 주는 사람이라고 생각했지만요."

"할아버지와 친해진 계기가 있었나요?"

시오리코 씨가 힐끗 눈을 들며 물었다.

순간 스바루는 입이 쓴 듯 얼굴을 찡그렸다. 싫은 기억을 떠올린 모양이다.

"초등학교 3학년 때 별명이 스돼지였어요."

스바루는 난데없이 뭐라 대꾸하기 어려운 이야기를 꺼냈다.

"……너무하네."

"그렇죠? 스바루라는 이름이 어울리지 않는다면서 스돼지라고 놀렸어요. 지금 그랬으면 가만히 있지 않았을 테지만, 그때는 그냥 당하고만 있었어요. 솔직히 제 이름도 싫었고, 스바루보다는 스돼지가 어울린다는 생각도 들고……. 그 즈음 엄마가 할아버지 댁에 다녀오라고 해서 혼자 갔어요. 용돈이나 받을까 해서요."

"할아버지 문병을 갔군요."

"네. 다리를 다쳐서 잘 걷지 못하셨는데, 서재에서 책을 읽고 계셨어요. 별일 없냐고 물으셔서 실실 웃으면서 애들이 스돼지라고 놀린다고 말했죠. 그랬더니 할아버지가 진지한 얼굴로 그 『봄과 아수라』에 실린 시를 읽어줬어요."

"「좀생이별」 말인가요?"

"네."

시오리코 씨는 책의 뒷부분을 펼쳤다.

'좀상이별'이란 글자가 탁 눈에 들어왔다. 누군가가 연필로 그 위에 '좀생이별'이라고 정정해둔 흔적이 보였다. 다마오카 사오코가 말한 필기한 흔적이리라. 오자를 정정한 필기가 되어있는 헌책은 그리 드물지 않다. 하지만 그 밖에도 점이나 괄호가 군데군데 들어간 건 뭔가 이상했다.

"마지막 부분이 무척 기억에 남았어요. '돈을 가진 이에게 돈은 도움이 되지 않는다 / 건강한 사람은 갑자기 떠난다'."

"'머리가 좋은 사람은 정신이 약하다 / 인간이 믿는 건 모두 미덥지 않다'."

시오리코 씨가 뒤를 이어 낭독했다. 인간의 집착을 노래한 시 같다. 갑자기 떠난다는 표현이 뭔가 마음에 걸렸다.

"끈질기게 날 스돼지라고 놀렸던 녀석들도, 반항하지 않고 순순히 따랐던 나도 뭔가 바보 같다는 생각이 들더라고요. 잔뜩 흥분해서 잘은 모르지만 정말 좋은 시라고 했더니, 할아버지가 '너는 책을 참 잘 읽어냈다. 읽고 싶은 책이 있으면 언제든 빌려주겠다'고 하셨어요. 그리고 덧붙이

듯 말씀하셨죠. '이 시는 너에게 어울려'라고……."

스바루는 입을 앙다물고 코를 훌쩍였다.

심금을 울리는 이야기였다. 하지만…….

"그럼 왜 이 책을 멋대로 가져간 거니?"

그렇다고 도둑질을 해도 되는 건 아니다.

"……문제였거든요. 할아버지가 낸."

"문제?"

나는 되물었다.

"할아버지는 아는 것도 많고 귀한 책도 많이 가지고 있었지만, 가장 소중히 여긴 건 이 책이었어요. 찾아준 사람에게 감사의 표시로 그림을 선물했다고 들었죠."

나는 고개를 갸웃거렸다.

그가 그림을 선물한 사람은 물론 시노카와 지에코다. 하지만 그때는 벌써 최상급의 『봄과 아수라』를 가지고 있을 텐데, 그보다 이 책이 귀중했다는 건가? 개인적인 추억이 담긴 책인지도 모르지만.

"이 책에는 비밀이 있다고 했어요. 그래서 귀중한 거래요."

"비밀?"

"그게 문제에요. 시간은 얼마든지 줄 테니까 네 힘으로 알아내라, 그러면 상을 주겠다고 했어요. 결국 답을 알아내기 전에 돌아가셨지만."

그런 문제를 푸는 데 일가견이 있는 사람이 여기 있다.

하지만 시오리코 씨는 말없이 책장을 넘길 뿐이었다. 바닥에 앉아 눈을 내리깔고 있는 그녀의 모습은 마치 한 폭의 그림 같았다.

"그럼 상도 못 받았겠네?"

"아뇨, 상은 받았어요."

스바루는 벽에 걸린 수국 그림을 가리켰다.

"할아버지가 돌아가신 뒤에 고모한테 물어봤어요. 이런 문제가 있는데 답을 아냐고요. 고모도 모르는 것 같았어요. 하지만 너에게 주려던 상은 이거라면서 저 그림을 줬어요. 내가 태어났을 때 정원에 핀 수국을 그린 그림인데, 언젠가 나한테 주려고 하셨대요."

나는 다시 벽에 걸린 그림을 보았다. 돌아가신 분의 그림에 이런 평가를 내리기는 그렇지만, 내 눈에는 대충 쓱쓱 그린 그림처럼 보였다. 조금 더 세심하게 그렸으면 좋았을 텐데.

"상은 뭘 받아도 좋아요. 하지만 답이 뭔지 궁금해서 이것저것 알아봤는데 전혀 모르겠더라고요. 고모는 죽어도 책을 보여주지 않고."

그만큼 소중히 여긴 책이었으니 함부로 보여주지 않을 법도 하다. 애초에 조카와 가깝게 지낸 것 같지도 않고.

"그러다 나도 시험을 앞두고 바빠졌어요. 시험이 끝나면 다시 고모에게 부탁하려고 했는데 그 얘기를 듣고……."

스바루는 말을 흐렸다.

잠깐의 침묵이 흐르는 동안 머릿속에 그 답이 떠올랐다.

"장서를 기부한다는 이야기를 들었구나."

"네. 그 이야기를 들은 엄마랑 아빠가 책을 팔아야 한다고 난리를 치는 거예요. 고모가 그럴 사람이 아니라는 건 알았지만, 어쨌든 언젠가는 기부할 거잖아요. 그전에 잠깐 보고 답을 알아내야겠다고 생각했어요. 설마 고모가 알아챌 줄은……."

나는 미간을 주물렀다. 부모가 아는 정보가 단편적이었던 탓에, 이 소년은 가장 중요한 사실을 알지 못했다.

"이 『봄과 아수라』는 남겨둘 작정이셨대. 처음부터 이 책은 기부할 생각이 없었던 거야."

"네? 정말요? 으, 괜한 짓을 했네!"

스바루는 머리를 싸안고 천장을 올려다봤다. 그리고 지친 목소리로 말했다.

"……책을 가지고 고모한테 용서를 빌러 가야겠어요."

그때 시오리코 씨가 말문을 열었다. 책을 끝까지 확인한 모양이다.

"할아버님은 이 책에 대해 뭐라고 하셨죠? 돌아가시기

직전에 아무 말씀도 없으셨나요?"

"음, 딱히……. 아, 힌트를 줬어요."

"힌트?"

"돌아가시기 전 병원에 문병을 갔을 때 일이에요. 아빠랑 같이. 그때도 상태가 좋지 않았지만 의식은 있었거든요. 갑자기 내가 낸 문제는 풀었냐고 물어보는 거예요. 뭔가 답을 말하려는 것 같아서 내 힘으로 풀 테니까 그때까지 기운 차리시라고 했죠. 그랬더니 '테나르디에 중사를 조심해라'라고 하더라고요."

"……그게 누군데?"

"『봄과 아수라』의 「진공용매」에 나오는 사람 이름이에요. 아무 맥락도 없이 갑자기 그 이름을 대서 나도 누군가 했는데, 아마 그게 문제를 푸는 힌트인 것 같아요. 누나, 왜 그래요?"

시오리코 씨의 얼굴이 하얗게 질렸다. 컨디션이 안 좋은 것 같지는 않았다.

스바루의 이야기를 듣고 문제의 답을 알아챈 건가?

아니, 보아하니 그것 때문만은 아닌 것 같다.

"……스바루 군."

그녀는 나지막한 목소리로 말했다.

"지금도 본인의 힘으로 문제를 풀고 싶다고 생각하나요?"

"당연하죠!"

스바루는 망설임 없이 대답곤 히죽 웃었다.

"시간이 걸려도 그러고 싶어요. 할아버지도 내 힘으로 알아보고, 생각해서 답을 알아내야 기뻐할 거예요. 고모는 내가 이 책을 보는 걸 허락해주지 않겠지만."

"알겠어요."

시오리코 씨의 입가에도 덩달아 미소가 번졌다.

"그러면 우리도 도울게요. 뒷일은 우리에게 맡겨요."

9

그날 저녁, 우리는 다시 다마오카 사토코의 집을 찾았다.

시오리코 씨의 연락을 받았을 때부터 현관에서 기다린 모양이었다. 저번처럼 응접실에 마주앉자, 시오리코 씨는 스바루에게 받은 『봄과 아수라』를 탁자에 올려놓았다.

"아……."

의뢰인의 얼굴에 희색이 돌았나. 그녀는 떨리는 손으로 책을 집어 들고 이상이 없는 걸 확인하더니 품에 꼭 안았다.

"고마워요, 정말 고마워요. 이루 말할 수 없이 기쁘네요."

이윽고 사토코는 쑥스러운 표정으로 『봄과 아수라』를 다시 탁자에 내려놓았다.

"흐트러진 모습을 보여서 미안해요. 물론 약속한 사례는 할게요. 이렇게 고생을 했는데 당연히 보답을 해야죠."

"……아까도 말씀드렸지만 사례는 사양하겠습니다."

시오리코 씨는 고집스레 말했다. 방금 전 통화했을 때 그 일로 약간 옥신각신했었다.

"그 대신, 이번 일은 잊어버리시고 앞으로 스바루 군이 이 책을 자유롭게 읽도록 허락해주세요."

"그럴 순 없어요."

다마오카 사토코는 단호하게 고개를 저었다.

"아무리 가족이라도 원칙적으로는 경찰에 신고해야 할 일이에요. 그런데 책을 보여주라니, 말도 안 됩니다."

시오리코 씨는 나에게 눈짓을 했다. 보아하니 이야기가 원만하게 끝날 것 같지가 않았다.

"이 일을 경찰에 신고하면 사토코 씨도 곤란해지실 텐데요?"

시오리코 씨의 목소리가 갑자기 날카로워졌다.

다마오카 사토코는 의아한 표정으로 눈을 깜빡였다.

"무슨 뜻이죠?"

"처음부터 뭔가 이상하다고 생각했어요. 왜 아버님께서

원래 소장하신 책보다 상태가 좋지 않은 『봄과 아수라』를 구입하셨는지, 무엇보다 왜 어머니가 이미 책을 가지고 계신 분께 '영업'을 했는지. 어머니는 그렇게 어설픈 방법을 쓰는 사람이 아니었어요."

다마오카 사토코는 고개를 갸웃거릴 뿐이었다. 무슨 말인지 모르겠다는 표정이었지만 시오리코 씨의 말을 끊지는 않았다.

"사토코 씨의 아버님은 이 책을 찾아준 사례로 어머니에게 그림을 선물하셨어요. 이 『봄과 아수라』가 아버님이 소장하신 책보다 귀중한 책이었기 때문이라고 생각할 수 있죠. 오늘 하루 여러 이야기를 듣다 보니 진상이 보이더군요."

시오리코 씨는 다시 나에게 신호를 보냈다. 이곳에 오기 전부터 어떻게 할지 정해두었다.

"실례합니다."

나는 재빨리 몸을 내밀어 사토코의 앞에 놓인 『봄과 아수라』를 낚아챘다.

"어머!"

사토코가 황급히 일어나려 했지만 책은 이미 시오리코 씨의 손안에 있었다. 하는 수 없다는 듯 그녀는 마지못해 다시 앉았다. 방금 전과 달리 영 심사가 편치 않은 표정이었다.

"이 책의 책등을 봐주세요. 시집이라는 글자가 지워져 있죠?"

나는 시오리코 씨가 든 책을 살펴봤다. 실은 그녀가 알아챈 '진상'이 무엇인지 자세한 이야기를 듣지 못한 상태였다. 그럴 틈이 없었기 때문이다.

"겐지는 이 책을 시집이라 부르지 않았고, 멋대로 시집이라 인쇄한 것도 불만이었어요. 겐지는 거의 팔리지 않았던 『봄과 아수라』의 재고 일부를 인수해 친구와 지인들에게 선물했지만, 그때 '시집'이라는 두 글자에 철가루를 뿌려서 지웠다고 해요."

시오리코 씨는 주로 내 쪽을 보며 말했다.

"그럼 이 책은……."

"네. 원래 겐지가 가지고 있다 누군가에게 선물한 책일 가능성이 커요."

단순한 얼룩이 아니었다니.

시오리코 씨는 굳게 입을 다문 다마오카 사토코를 힐끗 보며 말을 이었다.

"게다가 이건 평범한 증정본이 아니에요."

시오리코 씨는 박스에서 책을 꺼내 책장을 넘기기 시작했다. 아까도 잠깐 봤지만, 오탈자를 교정한 흔적이 남아있다. 그뿐 아니라 같은 필적으로 글자의 높이를 조정하는 화살표, 줄을 삭제하라는 듯한 가위표가 들어가있었다. 나아가 내용의 첨삭까지 있다.

마치 원고를 퇴고한 것처럼.

"어?"

나도 모르게 소리쳤다. 원래 겐지가 가지고 있던 책에 퇴고한 흔적이 있다. 설마…….

"미야자와 겐지는 초판본에다 퇴고를 한 겁니까?"

"네, 그래요."

시오리코 씨는 고개를 끄덕였다.

"겐지의 친필이 들어간 『봄과 아수라』를 친필 퇴고본이라고 해요. 현재 출판된 『봄과 아수라』에는 친필 퇴고본의 수정 내용을 바탕으로 편집된 부분이 많아요."

나는 초판본과 미묘하게 다른 「영결의 아침」과 「진공용매」를 떠올렸다.

"아까 잠깐 이야기했듯이 친필 퇴고본은 이미 여러 권 발견됐어요. 겐지의 유족이 보관하고 있는 친필 퇴고본이 가장 유명하지만, 내용은 제각기 다르죠. 그리고 존재한다는 사실만 확인되었을 뿐, 아직 발견되지 않은 친필 퇴고본이 적어도 한 종류 더 있다는 게 정설이에요."

"그게 이 책이군요."

나는 『봄과 아수라』를 가만히 들여다보았다.

미야자와 겐지가 퇴고한 친필 퇴고본……. 과연 엄청난 '비밀'이다. 스바루가 할아버지에게 받은 문제의 답은 분명 이것이었으리라.

"조금 더 확실히 검증할 필요는 있지만, 아마 틀림없을 거예요."

시오리코 씨는 책 주인을 똑바로 바라보았다. 다마오카 사토코는 앉은 자세 그대로 꿈쩍도 하지 않았다.

"사토코 씨는 이 비밀을 저희에게 감췄어요. 개인적인 추억이 담긴 소중한 책이라고 하셨죠. 왜 그러셨나요?"

"……이 사실을 남들에게 알리고 싶지 않았어요. 시오리코 양은 아버지가 어떤 경위로 이 책을 입수했는지도 모르는 것 같았고……. 정말 귀한 책이란 말이에요."

"정말 그뿐인가요?"

다마오카 사토코는 머뭇거리며 고개를 들었지만, 금세 시오리코 씨에게서 눈을 돌렸다.

"스바루 군의 방에 걸린 그림을 봤어요. 아버님이 주려고 했던 '상'……. 스바루 군이 태어난 날에 정원에 핀 수국을 그린 그림이라고 하더군요."

"마, 맞아요."

사토코는 목 멘 소리로 대답했다.

"하지만 저는 그 그림과 세세한 부분까지 일치하는 꽃을

본 적이 있어요. 30년 전에 제 어머니에게 선물한 그림 속에서요."

그래, 어째서 알아채지 못했을까. 두 그림 사이에는 15년의 공백이 있다. 15년 전에 핀 꽃이 30년 전에도 피었을 리가 없다.

"아버님께서 손자에게 이 그림을 남기셨다는 건 거짓말이죠? 옛날에 그린 스케치에 적당한 구실을 붙여 스바루 군에게 주신 거잖아요. 그럼 아버님이 스바루 군에게 주려던 진짜 상은 무엇이었을까요?"

숨 막히는 정적이 응접실을 가득 채웠다.

"시오리코 양은 뭐라고 생각하나요?"

사토코는 그렇게 물었다.

이제는 나도 알 것 같았다.

사유리의 말처럼 이 집안의 상속 처리는 정말 어설프다. 고서를 누구에게 물려줄 건지 적어놓지도 않았다. 그걸 아는 건 눈앞에 있는 사토코뿐이다.

시오리코 씨는 친필 퇴고본의 표지를 의뢰인에게 내밀었다.

"이게 진짜 상이죠? 아버님께서 젊은 사람들과 책 이야기를 하는 것도, 선물하는 것도 좋아하셨다고 말씀하셨죠. 아버님이 『봄과 아수라』를 물려주려던 사람은 스바루 군이었어요. 사토코 씨가 아니라."

사토코는 대답하지 않았다. 자신의 범행을 인정하는 것이나 마찬가지였다.

나는 시오리코 씨의 날카로운 추리에 내심 혀를 내둘렀다. 결국 스바루에게는 잘못이 없다. 원래 자신이 받기로 했던 책을 되찾은 것뿐이다.

"아마 아버님은 사토코 씨에게 이 책을 스바루 군에게 주라고 말씀하셨겠죠. 그리고 당신이 그에 따르지 않을 가능성도 염두에 두고 계셨어요."

"말도 안 돼요. 그럴 리 없어요."

"아뇨, 돌아가시기 직전에 아버님은 스바루에게 이렇게 말씀하셨다는군요. '테나르디에 중사를 조심해라'. ……무슨 뜻인지 아시죠?"

핏기를 잃은 사토코의 입술이 바들바들 떨렸다. 두 사람은 그 말만 듣고 무슨 뜻인지 아는 것 같지만, 나는 도무지 영문을 알 수 없었다.

"저기, 그게 무슨 말입니까?"

나는 시오리코 씨에게 속삭였다.

"'테나르디에 중사'는 빅토르 위고의 소설 『레미제라블』에 나오는 등장인물이에요. 워털루 전투에서 죽은 병사들의 소지품을 훔치는 도둑이었죠."

나는 깨달았다. '테나르디에 중사'는 문제를 풀 힌트가 아니었다. '네 옆에 있는 도둑을 조심하라'는 경고였던 것이다.

조금 마음이 무거워졌다.

"그 책을 어쩔 작정이죠?"

사토코는 신음하듯 말했다.

"설마 그 애한테 주려고요? 아버지가 스바루에게 책을 물려주려 했다는 증거는 없어요. 지금 다마오카 집안에서 이 책의 가치를 아는 사람은 나뿐이에요. 이건 고서를 사랑하는 사람이 가져야 할 물건이라고요."

시오리코 씨는 말없이 책을 박스에 넣더니 아직도 뭔가를 말하려는 사토코에게 내밀었다. 순순히 책을 돌려준 그녀의 모습에 맥이 빠진 듯, 사토코는 『봄과 아수라』와 시오리코 씨를 번갈아 보았다.

"제 요구는 아까 말씀드린 대로에요. 사토코 씨가 이 책을 보관하시더라도 스바루 군이 자유롭게 볼 수 있도록 해주세요. 그리고 언젠가 스바루 군이 문제의 답을 알아냈을 때, 스스로 진상을 밝히고 용서를 구하세요. 그 뒤에 이 책이 누구의 것이 될지는 스바루 군에게 달렸겠죠."

"……내가 거절하면요?"

"앞으로 저희 가게에서 정기적으로 스바루 군에게 연락

을 하려고 합니다. 만일 사토코 씨가 이 제안을 거절하신 걸 알아채면 이치로 씨 부부에게 모든 진상을 밝힐 거예요. 실제로 처벌을 받을지는 모르겠지만, 적어도 집안에서 꽤 입장이 난처해지실 것 같은데요."

여기까지 말했지만 사토코는 여전히 침묵을 지켰다. 불현듯 시오리코 씨가 굳은 표정을 누그러뜨리고 온화한 목소리로 말했다.

"아버님이 돌아가신 지금, 두 분 다 가족 중에 책 이야기를 할 사람이 없잖아요. 그러니까 조카와 더 가깝게 지내시는 게 어떨까요. 그리고 어차피 사토코 씨가 가지고 계신 책은 언젠가 스바루 군이 물려받게 되는 게 아닌가요?"

과연 그렇다. 나는 고개를 끄덕였다.

다마오카 사토코에게는 자식이 없다. 그녀의 유산은 하나뿐인 조카가 상속받게 되겠지.

"……당신에겐 아무 약속도 하지 않겠어요."

사토코는 그렇게 중얼거리며 『봄과 아수라』를 집었다.

"하지만 다음에 스바루를 만나볼게요. ……전 그 애를 싫어했던 게 아니에요. 그저 이 책이 너무 소중했던 거죠."

"알겠습니다. 부탁을 들어주셔서 감사합니다."

시오리코 씨는 고개를 숙였다. 사토코는 자신의 비밀을 파헤친 상대를 먼눈으로 바라보았다.

"지에코와는 다른 의미로 가차 없는 성격이네요. 지에코였다면 이런 건 눈감아줬을 거예요. 성의 표시만 제대로 했다면."

순간 시오리코 씨의 까만 눈동자가 흔들렸다.

"저는 부정한 거래는 하지 않습니다. 어머니와는 달라요."

그녀는 굳은 목소리로 말했다.

'달라야 해요.'

그녀가 마음속으로 덧붙인 말이 들리는 듯했다.

다마오카 사토코는 쓸쓸한 미소를 지으며 말했다.

"역시 예전 시노카와 사장님께 들은 대로네요. 어머니에게 복잡한 감정을 품고 있다더니."

"저희 아버지가 그런 말씀을 하셨다고요?"

"네. 출장 매입을 오셨을 때 그러시더군요."

그러고 보니 출장 매입을 왔을 때 이런저런 이야기를 나눴다고 들었다. 시오리코 씨의 아버지가 세상을 떠나기 전, 2년쯤 전에.

"지에코가 집을 나갈 때 시오리코 양 당신에게 남긴 책을 당신이 팔아버리려고 했다면서요. 그렇게 말하며 쓴웃음을 지었던 게 기억나네요."

사토코는 그리운 목소리로 말했다.

시오리코 씨의 얼굴에 경악의 빛이 번졌다.

 부엌에서 뭔가를 졸이는 맛있는 냄새가 난다. 이제 곧 시노카와 자매의 저녁 시간인 모양이다.
 꺼냈던 책을 다시 서가에 꽂은 나는 시오리코 씨를 돌아봤다.
 바닥에 앉은 그녀는 아직도 아버지의 유품이 든 상자를 뒤지고 있었다.
 우리는 그녀의 아버지가 썼던 방에 있다. 다마오카 사토코의 집에서 나와 곧바로 비블리아로 돌아온 그녀는 아버지의 유품을 죄다 꺼내 뒤지기 시작했다.
 사카구치 미치요의 『크라크라 일기』를 팔려던 걸 아버지가 눈치채고 있었다면 그냥 내버려두었을 리가 없으니까.
 나도 같은 생각이었다. 몰래 빼내 어딘가에 잘 보관해두었을 것이다. 그렇게 생각하는 게 자연스럽다.
 하지만 책은 방 어디에도 없었다.
 시오리코 씨 아버지의 유품 정리는 예전에 모두 끝난 상태다. 그 당시 찾지 못했는데 지금 와서 뒤져봐도 발견할 가능성은 희박할지도 모른다.
 "오늘은 그만하죠. 내일 다시 찾아보면 되잖습니까. 저도 도울게요."

나는 그녀의 뒷모습을 보며 말했다.

"……그래도, 어딘가에 꼭 있을 거예요."

잠시 뒤에 무언가에 홀린 듯한 말이 돌아왔다. 아까부터 계속 이 상태다.

"시오리코 씨, 그만하자니까요."

이번에는 다소 강하게 말해봤지만 그녀는 대답하지 않았다.

아무 소용없는 작업에 무작정 몰두하는 것이 아니다. 책을 찾지 못한다는 사실을 인정하기 싫은 것 같다.

'그런데 왜 없는 거지?'

그런 의문이 뇌리를 스쳐 지나갔다.

아마 시오리코 씨의 아버지는 딸이 자기 손으로 처분한 『크라크라 일기』를 찾게 될 줄은 몰랐던 것이다.

하지만 언젠가는 본인에게 돌려주려 하지 않았을까? 건강이 나빠진 뒤로는 더더욱, 만일의 경우에 대비해 잘 챙겨두었지 않을까.

만일 내가 시오리코 씨의 아버지였다면 어떻게 했을까?

문득 정신을 차려보니 아무 소리도 들리지 않았다.

시오리코 씨는 찾기를 멈추고 지친 표정으로 힘없이 고개를 숙이고 있었다.

나는 빨려들듯 그녀에게 다가가 그 뒤에 무릎을 꿇었다. 그런데도 그녀는 꿈쩍도 하지 않았다.

솜털이 난 하얀 목덜미가 바로 눈앞에 있었다.

"……시오리코 씨."

다시 한 번 불렀지만 역시 대답은 없었다.

가슴이 미어지는 듯 괴로웠다.

나는 그녀의 어깨를 살며시 붙잡았다.

더 이상 무슨 말을 해야 좋을지 모르겠다.

그 순간, 앞치마 차림의 아야카가 기척도 없이 문을 열고 들어왔다.

"언니, 저녁 다 됐어! 오늘 메뉴는……."

아야카는 말을 잇지 못하고 눈을 휘둥그레 떴다.

나는 황급히 손을 뗐다.

왜 항상 이런 타이밍에 나타나는 거야! 꼭 내가 시도 때도 없이 이런 짓만 하는 놈 같잖아.

"언니, 밥 먹어."

뭔가 이상한 낌새를 눈치 챘는지 아야카는 언니의 표정을 살피며 말했다.

"오늘은 언니가 좋아하는 햄버그스테이크야……."

시오리코 씨는 동생의 목소리에도 대답하지 않았다. 그녀는 동상처럼 미동도 하지 않고 생각에 잠겨있었다.

아야카는 방안을 한 바퀴 둘러보았다. 아버지의 유품을 꺼내놓은 걸 알아챘을 법도 한데, 여전히 같은 말밖에 하지 않았다.

"언니, 밥 먹으라니까."

침묵이 흘렀다.

아야카는 성큼성큼 방안으로 들어와, 시오리코 씨 앞에 놓인 박스를 뻥 걷어차 멀리 치웠다. 그제야 놀란 듯 고개를 든 언니를 아야카는 꼭 끌어안았다.

"……언니, 밥 먹자. 응?"

잠시 두 사람은 그 자세로 가만히 있었다.

이내 시오리코 씨가 고개를 끄덕였다. 그리고 동생의 부축을 받아 일어나 밖으로 나갔다.

나도 따라 나가 자매의 뒷모습을 바라보았다.

"오빠도 저녁 먹고 갈래요?"

부엌 문 앞에서 아야카가 돌아보았다.

어스름한 복도에서 우리는 말없이 서로를 마주보았다. 이 소녀의 얼굴을 이렇게 뚫어져라 바라본 건 이때가 처음이었다. 동그란 눈동자가 인상적인 앳된 얼굴에는 여느 때와 다름없는 미소가 번져있었다.

"뭐 하고 있었는지 안 물어봐?"

나는 나지막한 목소리로 물었다.

못 들은 건지, 아니면 못 들은 척 한 건지. 시노카와 아야카는 고개를 갸웃거렸다.

"네?"

"아니, 아무것도 아니야……. 고마워, 먹고 갈게."

뭐, 어쨌든 오랜만에 햄버그스테이크를 먹겠군.

나는 웃으며 거실 쪽으로 걸어갔다.

에필로그

『임금님 귀는 당나귀 귀』(포플러샤) · 2

오늘 있었던 일

2011.3.8
시노카와 아야카

  오늘 저녁 반찬은 햄버그스테이크였다. 잘 되긴 했지만 버섯을 더 넣을 걸 그랬다는 아쉬움이 있다. 나는 버섯이 많이 들어간 게 좋다.
  언니는 몇 숟갈 뜨지 못했다. 대신 고우라 오빠가 왕창 먹었지만. 남자들 식욕은 정말 엄청나다.
  오늘은 가게가 쉬는 날이라 둘 다 아침부터 외출했다. 그리고 돌아오자마자 아빠 방을 뒤집어엎고 뭔가를 찾았다.

어쩌면 들켰는지도 모른다.

언니는 아직 모르지만, 고우라 오빠는 알아챘을 것이다. 나한테 물어볼지도 모른다. 그러면 언니한테도 말할까?

하지만 어떻게 알았을까. 지금 쓰는 이것 때문인가?

만일 그런 거면 정말 그 이야기하고 똑같네. 언젠가 썼던 것 같은데, 『임금님 귀는 당나귀 귀』 말이야.

임금님의 귀가 당나귀 귀가 되었고, 그 비밀을 아는 이발사는 누군가에게 털어놓고 싶어서 입이 근질근질했다. 결국 견디지 못하고 강가에 구덩이를 파서 소리친다. 하지만 구덩이 주변에 자란 갈대가 바람이 불 때마다 이발사의 말을 온 나라에 퍼뜨렸다.

결국 모두가 비밀을 알게 되자 임금님은 더 이상 귀를 숨기지 않았다.

끝까지 귀가 원래대로 돌아오지 않는구나. 임금님이 제일 불쌍하다.

한편 일부러 이상한 갈대가 자란 곳에 구덩이를 파고 비밀을 외친 이발사도 이상하다.

아니면 누가 자기 말을 들어주기를 바랐던 걸까. 그 마음은 알 것 같다.

언니에게 들키면 이것도 그만둬야 하겠지. 아빠가 돌아

가시고 나서 1년 동안 계속 썼지만, 한 번도 답장이 오지 않았기 때문에 내용은 거의 내 근황 얘기밖에 없다.

아까 다시 읽어보니 작년 가을부터는 그냥 일기가 됐다.

이번이 마지막일지도 모르니까 오늘은 편지처럼 써봐야지.

엄마, 잘 지내요?

나랑 언니는 건강하게 잘 있어요. 나는 학교에 다니며 집안일을 하고, 언니는 고우라 씨와 가게를 꾸려나가고 있어요.

오늘은 부탁이 하나 있어요.

언니한테 연락 좀 해요. 메일이든, 전화든, 엽서든 상관없으니까.

아마 지금은 나보다 언니가 엄마를 더 만나고 싶을 거예요. 가게 일로 이것저것 궁금한 것도 있을 테고요.

언니는 점점 젊었을 적의 엄마를 닮아가요. 요즘에는 2층에 있는 그림 속 엄마 모습과 구분이 되지 않을 정도에요.

지금은 잘 모르겠지만, 옛날에는 엄마하고 닮아가는 걸 썩 좋아하지 않았어요.

중학생 때 언니는 안경을 쓰지 않았잖아요. 다시 안경을 쓰기 시작한 건 엄마가 집을 나가고부터예요. 아마 날 생각해서겠죠. 언니는 죽어도 아니라고 하지만 난 알아요.

엄마가 집을 나간 뒤로 내가 유치원에서도, 집에서도 매일 울기만 하니까, 어느 날 엄마가 썼던 것과 똑같은 안경을 구해서 썼어요. 아마 내가 외로울까봐 엄마 대신이 되어주려던 거예요.

 그때는 언니도 마음속에 화가 가득해서, 엄마 얼굴은 보기도 싫었을 텐데…….

 난 언니의 그런 점이 참 좋아요.

 그냥 직접 집으로 와도 돼요. 언니는 화를 낼지도 모르지만 내가 설득해볼게요. 식사 한 끼 정도는 대접할게요. 난 음식 솜씨가 좋거든요.

 내 말이 엄마에게 전해지고 있는지 전혀 모르겠어.

 요즘에는 답장에 대한 기대는 거의 하지 않지만, 그래도 엄마가 읽어주기라도 했으면 좋겠어. 아무리 그래도 아무도 없는 구덩이에 대고 외치는 건 너무 쓸쓸하니까.

 내일은 아침 연습이 있어서 일찍 잘래.

 안녕히 주무세요.

 설령 상황이 좋지 않아도 몸이라도 건강히 지내세요.

 잘 자요, 엄마.

마우스로 보내기 버튼을 누르려던 시노카와 아야카의 손이 멈췄다.

정말 상대에게 전송되기는 하는 걸까. 여느 때처럼 불안에 휩싸였다. 그럴 때면 항상 서랍을 열고 안에서 한 권의 책을 꺼낸다.

사카구치 미치요의 『크라크라 일기』. 아버지가 돌아가시기 직전에 남긴 책. 언젠가 기회가 생기면 언니에게 주라고 했던 책이다.

박스에서 책을 꺼내 펼쳤다. 안에는 볼펜으로 적은 글씨가 있었다.

shinokawa@chieko-biblia.com

몇 번을 보아도 화면에 표시된 받는 사람의 메일 주소와 일치했다.

아야카는 한숨을 쉬며 책을 덮었다.

그리고 보내기 버튼을 눌렀다.

저자후기

 전에도 썼지만 이 시리즈에는 실재하는 고서와 지명이 상당수 등장합니다. 이야기 진행상의 필요나 여러 사정 등으로 가공의 요소도 뒤섞여있지만, 작중의 시기도 일단 현실과 비슷하게 설정했습니다.

 주인공이 비블리아 고서당에 취직한 건 2010년 여름입니다. 3권에서는 조금 시간이 지난 2010년 말부터 2011년 3월까지의 이야기를 다뤘습니다.

 이 시리즈 1권이 일본의 서점에 깔린 건 2011년 3월. 3권은 2012년 6월에 출간되었으니 실제 시간과는 약간의 차이가 있죠. 무엇 때문에 이런 이야기를 하느냐면, 이 소설의 내용과 현실 사이에도 차이가 있다는 말씀을 드리고 싶어서입니다.

이를테면 1권에서 문고본 중에 가름끈이 있는 건 신초문고밖에 없다는 내용이 나왔습니다만, 이건 작중에서 사건이 일어난 당시의 이야기입니다. 지금은 신초문고뿐 아니라 2011년에 창간된 세이카이샤 문고에도 가름끈이 달려 있습니다.

또한 2권에서 등장한 후지코 후지오의 『UTOPIA 최후의 세계대전』은 이제 구할 수 없는 환상의 고서라는 내용이었지만, 현재는 쇼가쿠칸 크리에이티브에서 당시의 장정으로 복간되었습니다. 쇼가쿠칸의 『후지코. F. 후지오 대전집』에도 실릴 예정이라고 합니다.

이런 차이가 발생하는 건 어쩔 수 없다고 생각합니다. 지금까지 신간 도서를 구할 수 없었던 책이 복간되는 건 기쁜 일이죠.

하지만 시간의 문제가 아니라 사실과 다른 점을 쓸 수도 있기 때문에 집필할 때에는 가급적 조사하고 확인하는 버릇을 들이고 있습니다.

이번 권 취재에 도움을 주신 가나가와 현 고서적 상업 협동조합 분들께 깊은 감사의 뜻을 전합니다. 그리고 후쿠다 군, 정말 고맙습니다. 다음에 밥 살게요.

4권에서 다룰 작가는 이미 정해졌고, 3권을 집필하는 틈

틈이 자료도 읽었습니다. 조사하면 할수록 흥미로운 이야기들이 나와서 알아낸 정보를 전부 작품에 담지 못하는 게 아쉬울 따름입니다.

  아마 겨울에는 다음 이야기를 만나보실 수 있을 겁니다.

  다음 권에서도 잘 부탁드립니다.

미카미 엔

『비블리아 고서당 사건수첩』 4권에서 다시 만납시다.